KB114704

재능 넘치는
게이머

재능 넘치는 게이머 3

덕우 장편소설

초판 1쇄 찍은 날 § 2018년 10월 18일
초판 1쇄 펴낸 날 § 2018년 10월 25일

지은이 § 덕우
펴낸이 § 서경석

총괄팀장 § 최하나
편집책임 § 김슬기
편집 § 김대용
디자인 § 고성희, 신현아

펴낸곳 § 도서출판 청어람
등록번호 § 제387-1999-000006호
등록일자 § 1999. 5. 31
어람번호 § 제1-2967호

주소 § 경기도 부천시 부일로 483번길 40 서경B/D 3F (우) 14640
전화 § 032-656-4452 팩스 § 032-656-4453
http://www.chungeoram.com
E-mail § chungeorambook@daum.net

ISBN 979-11-04-91854-4 04810
ISBN 979-11-04-91828-5 (세트)

ESA

③

재능 넘치는 게이머

덕우 장편소설

FUSION FANTASTIC STORY

Contents

제14장
방송인 강민허

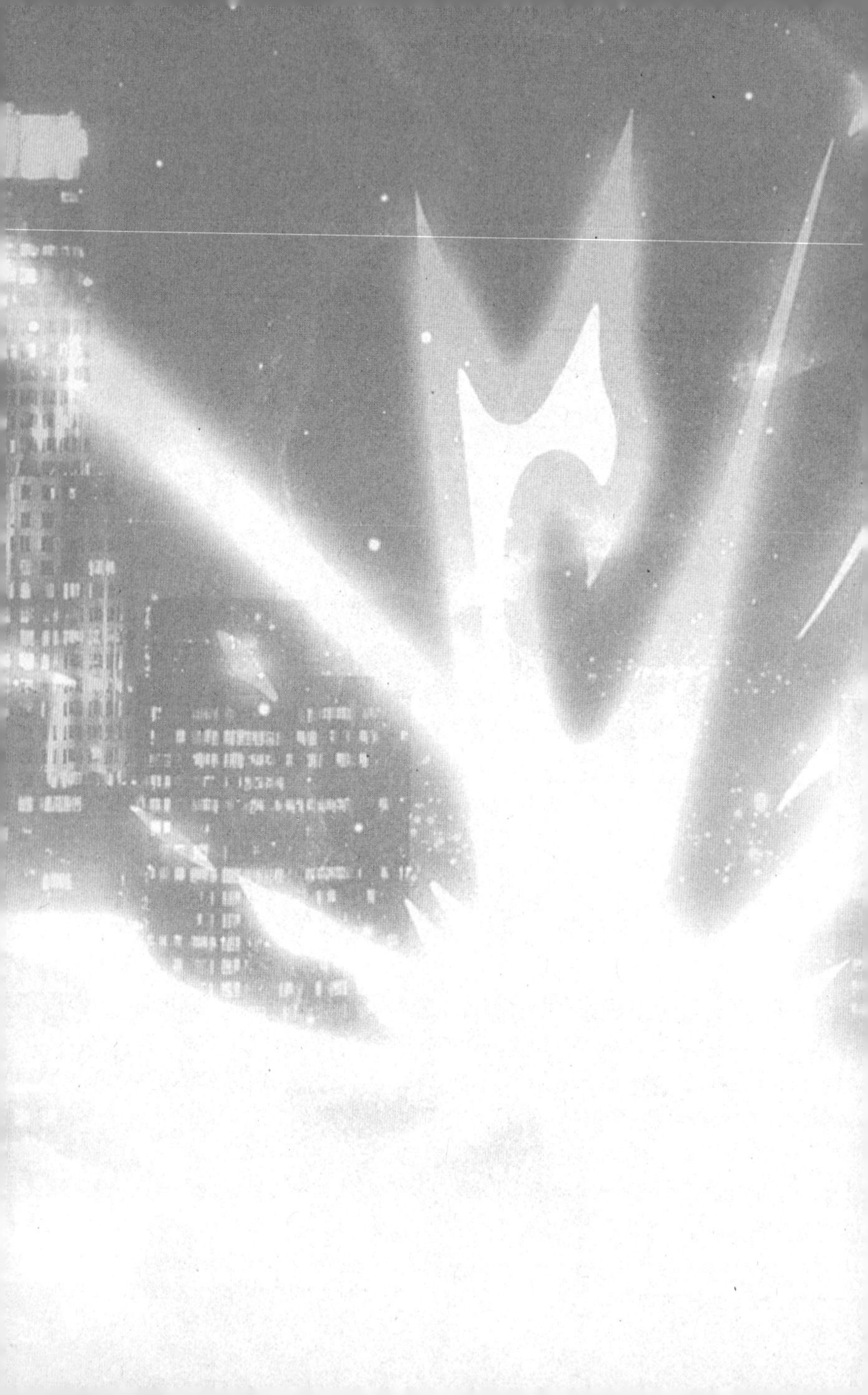

저녁 10시.

"어휴, 빡세다."

방송 종료 버튼을 누르자마자 민허의 몸이 축 늘어졌다.

숙소 내에서도 언제나 자신감에 가득 차 있던 그와 사뭇 다른 모습이었다.

중간에 민허의 방송을 지켜봤던 보석이 그에게 다가가 어깨를 주물러 줬다.

"고생했다, 민허야."

"아야야! 아파, 형!"

"이게 다 네 어깨 근육이 많이 뭉쳐 있어서 그런 거야."

보석의 안마 어택에 민허의 피로가 더더욱 쌓이는 듯했다.

그가 방송한 시간은 고작 2시간밖에 되지 않았다. 보통 게임 방송인들은 한번 방송을 켜면 평균 4~7시간 정도를 왔다 갔다 했다. 거기에 비하면 민허의 오늘 방송 시간은 부족한 편이었다.

그래도 상관없었다. 어차피 당분간은 테스트 방송이 될 예정이었다.

방송 켜고 한 거라고는 30분가량 방송 세팅 하며 시청자들에게 피드백받기, 실시간으로 소통하기, 그리고 로인 이스 온라인 잠깐 켜서 게임 플레이하기. 이 세 가지가 다였다.

또한 민허의 입담은 5천이라는 시청자를 유지시키기에 충분했다.

첫 개인 방송을 시작하면 보통 떨리게 마련이었을 테지만, 민허는 이미 방송 경기에 충분히 적응했기에 심하게 떨진 않았다.

다만, 감이 잘 안 잡혔을 뿐.

여하튼 무난하게 첫 방송을 클리어한 민허였지만, 그리 기쁜 마음은 아니었다.

오히려 더 많은 숙제를 부여받은 듯했다.

'리오 하나만 하기엔 방송 콘텐츠가 너무 없는 거 같아.'

던전 공략 방송이라든지 PvP 방송은 이미 다른 게임 방송인들도 많이 하고 있는 콘텐츠였다.

시청자 참여 이벤트를 하는 것도 있지만, 그것도 너무 자주 하면 식상하다.

뭔가 더 다른 콘텐츠가 필요하다.

로인 이스 온라인이 1부라면, 최소 다른 게임 하나 정도는 플레이하면서 2부 느낌으로 분할해서 방송을 진행하고 싶었다.

프로게이머로서 민허가 남들보다 더욱 잘할 수 있는 게임 하나.

그것을 찾아내야 한다.

'이미 있잖아?'

민허의 입꼬리가 슬며시 위로 올라갔다.

로인 이스 온라인 프로로 활동하기 전에 그는 이미 어느 격투 게임의 프로게이머였다.

트라이얼 파이트 7.

'콘텐츠 확보 완료.'

그의 미소가 더욱 짙어졌다.

*　　　*　　　*

다음 날 오전 11시 30분.

아침 겸 점심 식사에 돌입한 ESA 선수들. 민허의 맞은편에 자리 잡은 성진성이 먼저 입을 열었다.

"너, 방송도 꽤 하더라."

"형도 봤어?"

"스마트폰으로."

자신이 5천 명 중 한 명이었음을 주장하는 성진성이었다.

신경 안 쓰는 척하면서도 은근히 민허의 방송을 챙겨본 것이다.

'츤데레 같은 사람이네.'

절로 웃음이 새어 나오는 민허의 모습에 진성이 아니꼬운 눈빛을 보냈다.

"뭐냐."

"아니, 그냥 형은 착한 사람이구나 싶어서."

"이 새끼가 뭐래."

"그보다 형. 혹시 내 방 매니저 해볼 생각 없어?"

"매니저?"

갑자기 튀어나온 매니저 제안에 무심코 되물었다.

"어. 화수 형이 말해줬는데, 내 방에 매니저는 꼭 둬야겠다고 하더라고. 웬만하면 믿을 만한 사람으로 기용하라는데, 형이라면 믿을 수 있을 거 같아서."

"믿을 만한 사람이긴 개뿔. 굴리기 만만한 사람이라는 말을 돌려서 표현한 거 아니냐."

"정확하네."

"짜식아, 부정이라도 좀 해봐라. 그보다 보석이 형이 더 적합할 텐데? 난 욱하는 기질이 있어서 네 방 초토화로 만들어 버릴지도 몰라."

본인 스스로도 어떤 성격인지 잘 알고 있었다. 그렇기에 쉽사리 매니저 자리 제안을 받아들일 수 없었다.

그리고 이유가 한 가지 더 있었다.

"그리고 이번에는 개인 리그 욕심도 있으니까 나한테 이것저것 시키지 마라."

"본선 진출 하려고?"

"하고 싶다고 올라가는 그런 무대 아니다. 너도 잘 알잖아."

"뭐, 그렇지."

어려운 무대이기에 더더욱 많은 시간을 할애해 노력하고 싶다. 그것이 진성의 의도였다.

"보석이 형한테는 물어본 거냐?"

"자신 없다고 해서 거절당했어."

"하긴, 보석이 형은 너무 순진하니까. 어그로 끄는 놈 쉽게 강퇴 못 시킬 성격이긴 하지."

"진성이 형이라면 가차 없을 텐데."

"그냥 직설적으로 말해. 내 성격 더럽다고."

진성이 매니저 자리를 거절하게 됨으로 인해 민허가 생각했던 1차 플랜이 무너지고 말았다.

오늘도 방송 일정이 잡혀 있는데, 매니저 없이 혼자서 방송을 이끌어가기에는 다소 위험 부담이 컸다.

'믿을 만한 사람이라……'

거기에 덧붙여 개인 방송이라는 시스템을 잘 아는 사람이어야 했다.

'화영 씨는 바쁘겠지.'

그녀라면 잘해낼 거 같았지만, 충분히 바쁜 스케줄을 보내고 있는 그녀에게 새로운 부담을 가중시키고 싶지 않았다.

'고민이네.'

오늘따라 민허의 젓가락질이 느렸다.

＊　　　　＊　　　　＊

대형 백화점에 들려 양손 가득 물건들을 구입한 민허가 곧장 보육원으로 향했다.

"나 왔어."

"어서 와, 오빠. 사 오라는 건 제대로 다 사 왔겠지?"

"물론. 근데 뭐 이리 많냐?"

"요즘 장을 못 봤거든. 애들 뒤치다꺼리 하느라."

"그러냐."

학교에 들어간 애들도 이제 제법 많아졌다. 덕분에 민아가 신경 써야 하는 애들이 기하급수적으로 늘었다.

부모 역할까지 대신해야 했기에 정신없는 민아. 부엌에서 한창 일하는 그녀를 지켜보던 민허의 머릿속에 대뜸 이런 궁금증이 생겼다.

"민아야."

"왜, 오빠."

"넌 평소에 뭘로 스트레스 푸냐?"

"갑자기 그런 건 왜 물어?"

"아니, 그냥 궁금해서."

사실 민허는 스트레스 쌓일 일이 많지 않았다. 애초에 그는 게임으로 돈도 벌고 스트레스도 풀고 하는 스타일이었기에 고통받을 일도 없었다.

하나 민아는 다르다.

집안일, 육아로 스트레스를 푸는 사람은 그리 많지 않았다. 민아가 자처해서, 그리고 원해서 보육원을 책임지고 있지만, 결코 좋아서 하는 건 아닐 터.

그렇다면 분명 스트레스를 받을 수밖에 없을 것이다.

"어차피 말해줘 봤자 오빠는 모를 텐데."

"혹시 모르잖아. 알 수도. 혹시 쇼핑 같은 거냐?"

"아니. 그럴 리 없잖아."

"하긴."

민아는 패션에 그리 많은 관심을 가지고 있지 않았다. 미용에 신경 쓸 여력이 없기 때문이었다.

"비밀로 할 테니까 말해줘."

"딱히 비밀이랄 것까진 아닌데. 그냥 인터넷 방송 보면서 풀어."

"인터넷… 뭐?!"

"인터넷 방송."

순간 민허의 귀가 번뜩였다. 익숙한 단어가 나왔기 때문이다.

"언제부터?"

"2, 3년 전부터 보기 시작했을걸?"

"주로 뭘 보는데?"

"그냥 땡기는 거 위주로 봐. 음악 방송 볼 때도 있고, 게임 방송 볼 때도 있고. 먹방 보는 날도 있고 그렇지, 뭐."

생각보다 포용력이 넓었다.

장르를 불문하고 모든 방송을 챙겨보는 민아의 습성. 민허가 눈독을 들이지 않을 수 없었다.

"너, 혹시 어제도 방송 봤냐?"

"아니, 어제는 그냥 피곤해서 잤는데. 왜?"

"실은 말이다. 이 오빠가 어제부터 개인 방송을 시작했거든."

허리를 꼿꼿하게 세우며 자랑을 늘어놓듯 이야기했다. 그러나 민아의 태도는 냉소적이었다.

"그래 봤자 백 명도 안 되겠지."

"무슨 소리야. 어제만 해도 5천 명이 봤는데."

"에이, 거짓말하지 마. 어떻게 첫 방송에서 5천 명이 나와?"

"속고만 살았나. 좋아, 그럼 내기하자."

"무슨 내기?"

"안 그래도 오늘도 방송할 생각이었거든. 5천이 넘으면 내 소원 하나 들어줘라."

"못 넘으면?"

"내가 네 소원 들어줄게."

"흐음."

민아의 눈길이 가늘어졌다.

뭔가 꿍꿍이가 있어 보이는 듯한 그런 시선이었다.

"정말로?"

"이 오빠가 거짓말하는 거 봤냐."

"심심치 않게 봤지."

성진성과 다르게 민아는 민허를 오랫동안 알고 지내왔다.

그렇기에 진성에게 선보였던 같은 수법이 그녀에겐 통하지 않았다.

"원한다면 각서라도 쓰자."

"됐어. 그냥 구두로 해. 귀찮아."

민아는 아직까지도 민허의 말이 농담이라고 생각했다.

그래서 대충 넘기려 했으나…….

머지않아 그의 말이 결코 가볍게 넘겨듣기 힘든 것이었음을 깨달았다.

*　　　　*　　　　*

저녁 10시.

오늘도 어제와 마찬가지로 2시간의 방송을 끝냈다.

짧은 방송 시간에 아쉬워하는 시청자들에게 민허가 공약 하나를 내걸었다.

"다음 주부터 정식으로 방송 시간 정하고 일정 공지할 테니 그때 기대 많이 해주세요."

엄마아빠왈: ㄹㅇ? ㅋㅋㅋㅋㅋㅋㅋㅋ

기부천사: 우리 민허 님께 충성충성! ^^7

bm20000: 구라치면 손모가지 날아가는 거, 알쥬?

갓영태좋아: 담주 기대합니다 ^_^b

시청자들 역시 다음 주까지는 기다려 줄 수 있다는 아량을 채팅 문구를 통해 드러냈다.

다음 주라고 해봤자 얼마 안 남았다. 기껏해야 3일 정도.

그 안에 정식 콘텐츠 라인업과 매니저를 확보해야 한다.

방송을 종료하자마자 민허가 옆에 앉은 진성의 어깨를 토닥여 줬다.

"고생했어, 형."

"…오늘만이다, 오늘만. 그리고 앞으로는 절대로 나 시키지 마라! 알겠냐?!"

"물론이지. 대신 나중에 또 필요하면 도와줘."

"도와주긴 개뿔! 절대로 안……."

"이거, 오늘 민아가 만들어 준 애플파이인데. 먹을래?"

"민허야. 이 형만 믿어라. 동생이 힘들어하는데 내가 어떻게 못 본 척을 하냐? 안 그래? 하하하하하!"

진성의 민아 사랑은 여전했다. 덕분에 그를 쉽게 이용할 수 있었다.

물론 민아에게는 비밀이지만.

'생각난 김에 연락이나 해볼까.'

진성이 가고 스마트폰을 집어 들어 어디론가 연락을 취했다.

신호음이 몇 번 이어지더니, 익숙한 여성의 목소리가 들려
왔다.

—…왜.

윤민아. 그녀가 퉁명스러운 음성으로 대답했다.

"봤지?"

—뭘.

"방송."

—…….

마땅히 할 말이 없었다.

실제로 방송을 봤었다. 그런데 정말로 5천 명이 넘을 줄이
야.

참고로 오늘 민허의 방송을 본 시청자 수는 5,581명. 어제
에 비해 2~3백 명가량 늘었다.

5천이라는 숫자에 비하면 미세한 차이일지 모르지만, 중소
규모의 개인 방송국을 기준으로 따지면 결코 적은 수치는 아
니었다.

첫 방송 이후 오히려 시청자 수가 상승했다는 점 역시 주
목할 필요가 있었다. 그만큼 민허의 방송이 소위 말해서 '볼만
한 방송'으로 인정받았음을 뜻했다.

"내가 이겼지?"

확인 차원에서 다시 묻는 민허의 말이었다.

결국 마지못해 패배를 인정했다.

―알았어, 알았다고. 내가 졌어. 소원이 뭔데.

체념한 듯 민허를 닦달했다.

드디어 기회가 왔다.

"내 방 매니저 좀 맡아줘라."

―매니저? 해본 적 없어, 그런 거.

"괜찮아. 그냥 채팅 관리만 좀 해주면 돼. 어차피 너, 저녁
에는 할 일 별로 없잖아?"

―……

정곡을 찔렀다.

집안일 대부분은 오전, 오후에 끝내놓기에 저녁에는 크게
할 일은 없었다. 저녁 식사 이후 설거지까지 끝내면, 나머지는
자유 시간이었다.

민아가 주로 방송을 보는 시간도 그때쯤이었다.

"물론 공짜로 해달라는 건 아니고. 방송으로 얻는 수익의
10%를 주마."

―오빠. 수익은 있어?

"물론! 어제 들어온 후원만 해도 얼만데. 한 200 정도 될
걸?"

―200원?

"아니, 공 넷 더 붙여서."

―지, 진짜?!

이건 아직 같은 팀원들에게도 말하지 않았다. 수익 공개는 민감한 사항 중 하나였기 때문이다.

민아는 친동생 같은 존재였기에 수익 공개에 거리낌이 없었다.

"10%만 해도 하루에 20만 원을 버는 거잖냐. 어때?"

―나쁘진 않은데… 근데 정말로 괜찮아? 너무 많이 주는 거 아니야? 그보다 감독님은 뭐라고 안 해?

"괜찮아. 방송 수익은 온전히 내 것이라고 했어."

그리고 오히려 민아에게 수익을 보장해 주는 편이 좋았다.

지금까지 민아가 얼마나 많은 고생을 해왔는가. 이제는 민아도 그녀만의 인생을 즐기며 살았으면 싶었다.

그래서 일부러 큰 금액을 제시한 것이다.

―알았어. 오빠가 그렇게까지 말한다면, 폐가 되지 않게 열심히 해볼게.

"잘해보자."

이렇게 남매 간의 비밀 협약이 체결되었다.

"민허야. 오늘도 연습, 잘 부탁한다."

아침부터 신성이 민허에게 자신의 연습 상대가 되어달라고 요청을 해왔다.

민허도 딱히 거절할 생각이 없었기에 고개를 끄덕여 줬다.

아침에 일어나서 씻은 뒤 아침 겸 점심 식사를 마친다. 이후 진성이라든지 아니면 다른 프로게이머들과 PvP 연습을 한다. 저녁에는 개인 방송까지. 이것이 최근, 민허의 하루 일정표였다.

아직까지 라울을 100% 구현해 내지 못했다. 던전에서 파티 사냥을 통해 템을 좀 얻어두는 게 좋았지만, 그건 개인 방송을 겸해서 하기로 결정했다. 아이템에 너무 목매였다가 본질이라 할 수 있는 PvP 연습을 게을리하면 큰일이니까 말이다.

게다가 민허의 스타일은 이미 A 리그를 통해 만천하에 드러났다. 실제로 준 플레이오프와 플레이오프, 그리고 결승전에서 ESA 팀을 맞상대하는 팀들은 죄다 강민허 대비책을 하나씩 가지고 왔었다.

물론 통하진 않았다는 게 중요했다.

그래도 하나둘씩 민허의 파훼법을 찾기 시작했다는 것만으로도 경각심을 가지기에 충분했다.

그래서 민허도 연습량을 보다 더 늘릴 수밖에 없었다.

진성과의 스파링이 시작된 지 채 30분이 지나지 않았을 때였다.

"으아! 그렇게 나오시겠다 이거지?!"

거의 모니터에 얼굴을 파묻듯 집중하는 진성이었으나, 이미 승패는 결정되었다.

민허의 승리였다.

"하, 진짜!"

미칠 노릇이었다.

진성은 민허와 연습 경기를 가져본 이후, 지금까지 단 한 번도 승리를 따내지 못했다.

그래서 더더욱 스트레스만 쌓여갔다.

하지만 동시에 많은 공부도 됐다.

파이터 클래스를 상대할 때에는 민허만 한 연습 상대가 없었다.

그는 고레벨 스킬보다 기본기 위주의 스킬들을 조합해 딜을 넣었다. 그렇기에 민허를 상대할 때마다 캐릭터의 움직임이라든지 타이밍 등 기초 패턴은 확실히 수련되었다.

"아까 가드 대신에 공격을 했어야 했나. 그랬더라면 바로 나한테 공격 권한 넘어왔을 텐데. 아니지, 그러다가 카운터 판정 맞으면 오히려 내가 불리하고……."

혼잣말을 중얼중얼 내뱉는 진성.

그런 그에게 다가간 민허가 진성의 어깨를 가볍게 주물러줬다.

"형, 이번에 개인 리그. 어디까지 올라갈 거 같아?"

"뭐? 말했잖냐. 본선 진출이 꿈이라고."

"32강?"

"왜. 예선에서 떨어질 거 같다고 말하려는 거지?"

"아니."

오히려 그 반대였다.

"진성이 형, 내가 봤을 때 8강까지는 올라갈 수 있겠네."

"무슨 개소리냐. 본선 진출만 해도 감지덕지인데 8강? 내가 프로게이머 생활하면서 A 리그 선수가 16강 이상 올라가는 걸 본 적은 단 한 번도 없다, 야."

"그럼 이번 기회에 많이 보겠네."

"적어도 한 번은 볼 수 있겠지."

그 한 번이 누구를 가리키는지 구태여 설명할 필요가 없었다.

강민허. 바로 그다.

민허라면 16강, 아니, 그 이상도 가능할지 모른다.

실제로 그는 R 리그 선수와 붙어도 막상막하의 실력을 보여 줬다. 오죽하면 같은 팀원들조차 그와 연습하는 걸 꺼려 했다.

민허의 재능이 부러웠다.

진성에겐 그런 재능이 없었다. 그렇기에 그저 노력하는 길밖에 방법이 없었다.

"자신감을 가져, 진성이 형. 다 좋은데, 형의 플레이는 너무 소극적이야. PC방 대회에서 나 상대할 때를 기억해. 그것만으로도 한결 나아질 거야."

"자신감이라……."

"자, 다시 해보자고."

"그래."

추상적인 개념이었기에 처음에는 민허의 충고가 쉽사리 와 닿지 않았다.

그러나 연습을 거듭하면 거듭할수록 민허가 들려준 말이 계속해서 그의 머릿속에 맴돌았다.

깨달음은 배우는 자의 몫이다.

＊　　　＊　　　＊

연습을 마친 뒤, 저녁 식사를 끝내고 바로 연습실로 돌아와 방송 준비에 돌입했다.

아직까진 화수의 도움을 받아야 하는 단계였다.

"마이크 음질 이상 생기면 요걸로 조절하면 될 거야."

"오, 땡큐. 역시 화수 형이야."

방송이라는 콘텐츠로 엮이게 된 두 남자. 서로 말을 트는 시간이 많아진 탓일까. 민허는 자연스럽게 말을 놓게 되었다.

화수는 말을 더듬는 빈도가 기하급수적으로 낮아졌다. 물론, 민허 이외의 사람과 대화를 나눌 때에는 여전히 말을 더

듣곤 했지만.

"근데 송출은 어디서 할 거야?"

"지금 하던 대로 하면 되지 않을까?"

대한민국에서 메인급으로 불릴 만한 인터넷 방송 플랫폼은 크게 세 가지 부류로 나뉘었다.

첫 번째는 스타리오. 국내 인터넷 방송의 시초라 불리는 플랫폼이었다.

두 번째는 위티비. 원래는 사람들이 편집한 영상 같은 것을 볼 수 있는 곳이었으나 최근에는 실시간 인터넷 방송 기능도 지원하기 시작했다.

세 번째는 스위치. 외국 기업에서 스트리밍하는 플랫폼 중 하나였다. 덕분에 외국 시청자들까지도 포섭할 수 있는 곳 중 하나였다.

민허는 여태까지 스타리오와 위티비, 스위치 이 세 군데에서 동시에 방송을 송출했다.

스타리오에만 5천 명. 위티비에 3천 명. 스위치에 7천 명. 도합 만 오천 명이라는 어마어마한 시청자 수를 보유하게 되었다.

그러나 민허의 욕심은 여기서 끝이 아니었다.

"중국 같은 데에는 많이 보면 8만 명도 본다고 하던데."

"AOS 장르에서 유명한 선수가 하나 있는데, 그 선수가 방송

켜면 20만 명도 본다고 들었어."

"어마어마하네."

스타리오는 국내에서 입지가 높은 편이고, 남은 두 플랫폼은 외국에서 인지도가 높았다.

만약 한곳에서만 집중적으로 방송을 송출한다면, 신중하게 검토해야 할 필요가 있었다.

"화수 형. 근데 방송은 반드시 한군데에서만 해야 해?"

"아니. 다 해도 상관없는데, 민허 너 정도라면 분명 딜이 들어올 거 같아서."

"딜?"

"독점 계약 비스름한 거."

"아하."

그렇게 되면 ESA가 낄 수밖에 없었다.

본래 ESA는 허태균 감독의 배려 덕분에 선수들이 개인 방송을 할 때 발생하는 수익에 대해서 팀이 일절 터치하지 않는 방침을 취했다. ESA 측에서도 브랜드를 선수들의 개인 방송을 통해 널리 홍보할 수 있게 되니 그것만으로도 충분히 득이라 생각했기에 그 이상의 간섭은 하지 않았다.

그러나 플랫폼과 독점 계약을 맺고 그곳에서 계속해서 방송을 송출하게 된다면, ESA의 의견도 무시할 수 없게 된다.

어디까지나 민허는 ESA 소속 프로게이머. 팀의 의견에도 귀를 기울여야 한다.

"그래도 아직 계약 이야기는 안 들어왔으니까, 그때까지는 동시 송출해도 되겠지?"

화수에게 의견을 구했다.

그러자 민허의 데스크톱을 봐주던 그가 고개를 끄덕였다.

"어. 플랫폼들끼리 딱히 송출 제한을 두는 분위기는 아니니까. 대신, 독점 송출을 해줬으면 하는 생각을 드러낼 때가 있어. 조짐 보인다면, 너도 마음의 준비를 해두는 게 좋을 거야."

"고마워, 화수 형. 근데 형은 독점 계약 맺고 하는 거야?"

"아니, 나는 스타리오하고 위티비, 두 군데만 동시에 송출하고 있어. 스위치까지 하기에는 좀 부담스러워서."

"그렇구나."

민허는 방송으로 욕심을 좀 부리고 싶었다.

이미 개인 방송을 업으로 삼는 사람들이 얼마만큼 많은 수익을 거둬들이는지 만천하에 드러났다. 물론 인터넷 방송도 연예계와 닮아서 소수의 방송인들만 고액의 소득을 거둬들일 수 있었다.

민허는 그 피라미드 위에 올라갈 자격을 충분히 갖췄다. 방송 시작한지 일주일도 안 되었는데 이미 만 오천 명에 가까운 시청자들을 모았으니까.

'상금과 방송 후원금. 일석이조네.'

돈만큼 사람의 의욕을 강하게 만들어주는 것도 드물 것이다.

지금 이 순간, 민허의 의욕은 절정에 이르렀다.

*　　　　*　　　　*

8시에 방송을 켜자, 오늘도 변함없이 민허를 보기 위해 사람들이 몰려들었다.

그간의 테스트 방송을 거치면서 민허의 방송국은 제대로 된 모습을 갖추게 되었다.

화질도 그렇고, 캠 화면도 그렇고.

무엇보다 채팅창 관리 역시 깔끔해졌다.

민아의 활약이 컸다.

역시 개인 방송 눈팅을 많이 했던 시청자 출신이라 그런지 채팅창 완급 조절을 잘 해냈다.

덕분에 민허가 신경 써야 할 게 하나 줄어들었다.

민허의 정규 방송 시간은 8시부터 새벽 1시까지. 도합 5시간으로 고정되었다.

일주일 중 평일에만 방송을 하고 주말은 쉰다. 민허도 사람인지라 쉴 때도 필요했다. 그 결과, 주 5일이라는 일정이 탄생하게 되었다.

1부는 로인 이스 온라인. 2부는 트라이얼 파이트 7.

안 그래도 최근에 트라이얼 파이트 7 PC판이 발매되었다. 비록 한글화가 되진 않았지만, 대전 액션 게임이었기에 한글화의 비중이 크진 않아 국내 유저도 많았다.

로인 이스 온라인을 켜 곧장 던전 공략 방송을 진행했다.

"자, 여기서 팁 하나 알려 드리겠습니다. 몬스터가 공격해 오죠? 그럼 적절한 타이밍에 적절하게 반격기를 사용해서 적절하게 딜을 넣어줍니다. 어때요. 적절하죠?"

민허가 손수 시범을 보였지만, 시청자들의 반응은 반대였다.

MSG샷: 이건 프로게이머들도 못 할 듯.

모하임: 적절한 듯하면서도 부적절한 설명, 정말 감사합니다.

푸르온: 밥 아저씨 떠오르네 ㅋㅋㅋㅋㅋㅋㅋㅋ

sdiid: 강사님! 전 그냥 F 맞을랍니다 ㅜㅡㅜ

민허에겐 쉬웠지만, 시청자들 입장에선 불가능에 가까운 딜레이 캐치였다.

반격기 타이밍을 잡는 것도 신기했다. 이건 거의 진기명기 수준이었다.

로인 이스 온라인뿐만이 아니었다.

—You Win!

종목을 트라이얼 파이트 7으로 바꾼 민허. 벌써 19연승째였다.

상대방으로 만난 유저들도 결코 못하는 게 아니었다. 매칭되는 이들도 최소 세계 랭킹 100위 안에 드는 격투 게이머였다. 그럼에도 불구하고 민허는 이들을 압살했다.

은퇴를 선언했음에도 불구하고 그의 실력은 여전했다.

게임 방송이 아니라 거의 기인 열전 수준의 방송이 되어버렸다. 그래도 시청자들은 수준 높은 게임 실력을 실시간으로 볼 수 있다는 것만으로도 만족했다.

눈이 정화된다. 이게 바로 프로게이머들의 세계다. 이런 긍정적인 의견들이 대다수였다.

그렇게 개인 방송을 이끌어가던 민허가 현재 시간을 체크했다.

새벽 1시 5분.

정규 방송 시간을 초과했다.

"여러분. 이제 슬슬 자러 가아겠습니다."

민허의 멘트 덕분일까. 채팅창이 아쉬움으로 가득한 문구로 도배되었다.

채팅창을 진정시키기 위해 어떤 말을 할까 고민하던 중에 재미있는 생각이 스쳤다.

"그러고 보니 다음 주에 개인 리그 예선전이잖아요. 일정 들어보니 토요일, 일요일 이틀에 걸쳐서 진행된다고 하던데. 혹시 예선전 참가하시는 분들 있나요?"

간혹 있다고 손을 드는 시청자가 눈에 들어오긴 했지만, 참인지 거짓인지 이 자리에 판별하기 힘들었다.

그때, 시청자들 대다수가 물었다.

민허가 예선전에 참가하는지.

"물론 저도 참가합니다. 목표요? 그야 뻔하죠."

캠 화면을 똑바로 응시한 그가 싱긋 웃었다.

"우승입니다."

그는 대회에 참가할 때마다 항상 우승이 목표라고 포부를 밝혔다.

그리고 지금까지 그는 자신의 말이 허세가 아니었음을 증명해 보였다.

이번 개인 리그도 마찬가지였다.

우승을 거론하자, 채팅창에 자연스럽게 도백필의 이름이 올라왔다.

개인 리그 3연속 우승을 차지한 절대자, 도백필.

모두가 그와 만나는 걸 걱정했다.

그러나 민허는 도백필을 두려워하지 않았다.

"결승전에서 도백필 선수와 재미있는 경기했으면 좋겠네요."

오히려 그와의 경기를 기대하고 있었다.

제15장
개인 리그 예선

방송을 마친 뒤에 취침 준비를 서두르던 민허는 우연치 않게 허태균 감독과 마주쳤다.

"오, 민허냐. 방송은 끝났고?"

"네. 이제 막요."

"시청자 많이 늘은 거 같더라. 몇 명이었지? 2만 명?"

"플랫폼 3개 다 합치면 2만 5천 명 정도 될걸요? 스위치 쪽에서 외국인들도 꽤 많이 보기 시작하더라고요."

"국내 리그는 외국 쪽에서도 많은 관심을 받고 있으니까. 리오 외국 팬들 중에선 네 이름 아는 팬들도 꽤 있을 거다."

외국에 널리 자신의 이름을 알린다.

그것 또한 호재였다.

"잠깐 이야기 좀 할까?"

"네."

허태균 감독이 민허를 데리고 숙소 바깥을 나섰다.

이제 슬슬 여름 시즌이라 그런지 새벽임에도 불구하고 그렇게까지 춥진 않았다.

벤치에 먼저 앉은 허 감독이 오른손을 휘휘 저었다.

"벌써부터 모기 녀석들이 판을 치네. 이번 여름도 지독하겠다."

"모기약 잔뜩 뿌리고 자야죠."

"모기 잡으려다가 사람 잡겠다, 야. 일단은 앉아라."

"예, 감독님."

민허를 바로 옆에 앉힌 허 감독이 본론을 꺼냈다.

"너 방송하는 거 말이다. 아까 오후에 스폰서 만나고 왔는데, 그쪽에서도 네 방송을 유심히 지켜보는 중이라고 하더라."

"그런가요. 혹시 안 좋게 보거나 그러진 않나요?"

"아니, 오히려 긍정적으로 보고 있어. 네 방송이 흥한 덕분에 ESA라는 레이블을 널리 알리게 되었다고 좋아하더라."

부엌에서 가져온 커피를 한 모금 음미한 허 감독이 재차 말을 이었다.

"너도 잘 알겠지만, 본래 개인 방송에서 발생하는 수익은 게임단마다 배분하는 방식이 달라. 어느 게임단은 팀과 선수가 나눠 가지는 곳도 있고, 또 어느 곳은 그냥 방송하는 것 자체를 계약 조항으로 넣어서 수익을 월급으로 보장해 주는 대신에 방송 중에 수입이 발생하면 팀, 스폰서가 먹는 그런 구조도 있지."

"네. 화수 형한테 들어서 알고 있어요."

"우리 같은 경우는 스폰서가 오히려 개인 방송을 장려하는 측이라서 수익 부분에 대해서는 터치 안 해. 대신, 네가 특정 플랫폼과 계약을 맺어 독점으로 송출하겠다고 한다면, 그건 우리한테 반드시 말해줘야 한다. 알겠지?"

"물론이죠."

이 부분도 화수에게 들은 적 있었다.

"그리고 계약 부분에 대해선 타 선수들에게 함부로 이야기하지 말고. 그건 기본이니까 잘 인지하고 있어."

"명심하겠습니다."

"오케이. 그럼 됐다. 아, 그리고 스폰서 측이 너 한번 직접 보고 싶다고 하던데. 나중에 같이 식사라도 할까?"

"저야 좋죠."

스폰서가 특정 선수에게 관심을 가지는 건 당사자에게 있어서 좋은 현상이었다.

연봉 협상이라든지 그런 부분에서 이점을 가져갈 만한 여지를 남겨주는 셈이니까.

몸값 올리기. 그것이 민허의 목표 중 하나였다.

그러기 위해서 가장 확실한 방법은 바로 공식전에서 우수한 성적을 거두는 일이었다.

프로 리그보다는 개인 리그 성적이 그 선수의 기량을 판단하기 좋은 기준이 된다.

"이제 슬슬 들어가서 자라. 내일 예선전이니까."

"예, 감독님."

로인 이스 온라인 개인전 예선이 바로 내일이다.

이틀간 치러지는 예선 현장. 치열한 생존 게임에서 민허는 무슨 일이 있어도 살아남아야 한다.

*　　　　*　　　　*

본래 공식 경기가 잡힌 날 이동할 때에는 이동 수단인 밴을 이용하곤 했다.

그러나 불행하게도 오늘은 그럴 수 없었다.

워낙 많은 인원들이 개인 리그에 몰리다 보니 차량을 이용하기가 쉽지 않았기 때문이었다.

결국 지하철을 이용하기로 한 선수들. 20명 가까운 장정들이 지하철 안으로 우르르 몰려들자, 사람들의 시선이 절로 모아졌다.

"이것도 신선한 경험이네."

민허가 여유를 띠며 말했다.

그러나 진성은 달랐다.

"신선하긴 개뿔. 늦지 않게 도착하기만을 바라고 있어라. 지각하면 얄짤없이 탈락이니까."

"지하철이 고장 나지 않는 이상은 괜찮겠지. 그보다 형은 연습 많이 했어?"

"그냥저냥."

진성도 이제는 A 리그에서 벗어나야 한다는 압박감을 평상시에도 느꼈다.

어쩌면 이번이 절호의 찬스일지도 몰랐다. A 리그에서 당당히 우승 타이틀을 거머쥐고, R 리그 본선에 진출하면 된다.

상승세를 탔을 때 계속해서 성적을 내야 한다.

"보석이 형은?"

"나야 뭐……."

의욕을 불태우는 진성과 다르게 보석은 뭐랄까. 그렇게까지 큰 욕심이 느껴지지 않았다.

"그냥 참가에 의의를 두는 거니까."

"왜 그래, 형. 기왕 이렇게 된 거 진성이 형처럼 최소 본선 진출 정도는 노려야지."

"그래도 현실이라는 게 그렇잖아. 내가 열심히 노력해도 안 되는 일도 수두룩하고."

민허와 진성, 그리고 보석. A 리그 우승 멤버 3인방 중 가장 오랫동안 프로게이머로 활동한 이는 한보석이었다.

그러나 보석은 지금까지 단 한 번도 R 리그 예선을 뚫어본 적이 없었다. 뿐만 아니라 프로게이머로서 이렇다 할 성적을 거둔 기억도 없었다.

"민허, 네가 오기 전까지만 해도 은퇴 생각하고 있었거든. 나도 이제 나이가 있으니까. 그래서 그냥 회사에 취직할까 생각했었는데, A 리그 우승해 버려서 타이밍을 못 잡겠더라."

"형이 그런 고민을 하고 있을 줄 몰랐네."

"그야 중요한 경기들을 앞두고 있었으니까. 괜히 내가 이런 말해봤자 득 되는 게 없잖아? 팀원들 사기만 떨어뜨리고."

일부러 민허를 배려했기에 나온 행동이었다.

진성은 보석이 이런 생각을 하고 있었다는 걸 이미 알았다. 민허가 오기 전에 술자리에서 몇 차례 은퇴에 대한 이야기를 들려줬었으니까.

그래서 어떻게 보면 진성으로선 민허의 활약이 더할 나위 없이 고마웠다. 일시적이라곤 하나, 보석의 은퇴 시기를 좀 늦추게 만들었기 때문이다.

물론, 자존심이 있어서 직접적으로 민허에게 고맙다는 말을 하진 않았다. 지금까지도 안 했고, 앞으로도 없을 것이다.

축 처진 분위기를 애써 환기시키려는 모양인지 보석이 화두를 전환했다.

"그냥 내 개인적인 일이니까 너무 신경 쓰지 마. 민허, 너는 네 경기에 집중하면 돼. 우리 팀의 기대주잖아."

한보석다운 말이었다.

본인보다 타인을 먼저 배려할 줄 아는 남자. 좋게 말하면 착한 남자지만, 민허는 프로의 세계에선 착함보다 나쁨이 더 필요할 때가 있다는 걸 잘 알고 있었다.

*   *   *

이들이 도착한 곳은 오버파워 PC방 본점.

국내에서 가장 규모가 큰 PC방 중 하나로, 이곳에서 오늘 TGP 개인 리그 예선전이 펼쳐지기로 예정되어 있었다.

"오랜만이네. 그치? 진성이 형."

"조용히 해라. 짜증 나려고 하니까."

진성은 이곳에서 민허에게 수모를 당한 적 있었다.

이름도 모를 아마추어한테 셧아웃을 당했으니 얼마나 쪽팔렸을까.

물론 지금은 민허의 실력을 인정하고도 남았지만, 그때 당시는 슬럼프에 빠질 만큼 꽤 타격이 컸었다.

"가자."

"네!"

오 코치를 따라 선수들이 PC방 내부로 진입했다.

현재 창단된 프로 팀은 도합 열두 팀이다. 그곳에서 최소 20명 이상의 프로게이머들이 참가를 했으니, 현장은 말 그대로 인산인해를 이룰 수밖에 없었다.

거기에 더해 아직 프로 팀과 계약을 맺지 않은, 혹은 일부러 솔로로 활동 중인 무소속인 프로게이머들도 상당수 존재했다.

ESA 팀이 등장하자, 몇몇 프로게이머들이 이들에게 인사를 건네왔다.

"오랜만이에요, 형!"

"그러게. 요즘은 잘 지내지? 저번에 보니까 온라인 리그 우승했더라? 나중에 한턱 쏴."

"하하, 물론이죠!"

서로 아는 얼굴들이다 보니 지나갈 때마다 근황을 묻는 대화들이 오고가기 일쑤였다.

물론 민허도 마찬가지였다.

"강민허."

누군가가 민허를 불렀다.

익숙한 여성의 목소리. 나이트메어에 소속된 여성 프로게이머, 서예나였다.

"일찍 왔네?"

"우리 팀이 가장 먼저 왔을걸. ESA가 가장 늦게 왔고."

"정곡을 찌르네."

늦게 왔다고는 하나, 그것이 지각과 동일한 의미로 사용된 말은 아니었다.

ESA도 제시간에 도착했다. 그러니 규정상 문제는 없었다.

"넌 몇 조야?"

예나가 먼저 민허의 배치 상태를 물었다.

"11조."

"운이 좋네."

"뭐가?"

"너."

"내가 왜?"

"예선전에 나랑 만날 일이 없게 되었으니까. 최소 본선 진출까지 해야 나랑 붙거든."

강도 높은 도발이었다.

그러나 민허는 예나의 말에 크게 신경 쓰지 않았다.

이 정도 도발은 민허가 하는 거에 비하면 새 발의 피에 불과했기 때문이다.

"본선에서 만나야 더 많은 사람들이 우리 대결하는 걸 볼 수 있잖아. 다행 아니야?"

"그러네."

여유롭게 예나의 말을 받아주는 민허. 그다운 대답이었다.

11조. 민허가 포진되어 있는 이 조는 벌써 선수들 사이에서 죽음의 조라 불리고 있었다.

R 리그에서 최소 4강 이상의 성적을 거뒀던 선수들이 가장 많이 배치되어 있었기에 죽음의 조라는 별칭이 붙었다.

그러나 그 쟁쟁한 선수들 중에 도백필의 이름은 없었다.

그는 예선 경기를 치르지 않는다. 이미 전 시즌에서 우승을 차지했었기에 시드 자리를 배정받았기 때문이었다.

"아쉽네. 예선전에서 한번 맞붙고 싶었는데."

민허가 아쉬움에 입맛을 다셨다. 그러자 보석이 멋쩍은 듯한 미소를 지었다.

"아서라. 너하고 도백필 선수의 대결은 본선 무대에서 벌여야지. 기대하는 팬분들이 굉장히 많을 텐데."

"하긴, 그렇지."

민허도 잘 알고 있었다.

많은 사람들이 보는 앞에서 그는 당당하게 자신의 실력을 검증받을 것이다.

그러기 위해서라도 민허와 도백필, 두 사람이 최소 결승 무대까지 올라가야 한다.

물론 지금은 아쉬울지 모르지만, 훗날을 기약하면 오히려 같은 조에 포함 안 된 게 더 다행스러운 일이었다.

그러는 사이에 PC방 입구 쪽이 소란스러워졌다.

"도백필 선수 왔어."

"와, 대박이네."

"실물로 보는 건 처음이야."

경기가 없음에도 불구하고 예선 현장을 방문한 도백필.

같은 프로게이머임에도 불구하고 그의 인기는 가히 하늘을 찌를 기세였다.

국내를 넘어 전 세계적으로 유명한 로인 이스 온라인 프로게이머라 불리는 존재 아니겠는가. 이 정도 인기는 그에게 있어서 일상이었다.

업계 관계자들과 인사를 주고받는 도중에 도백필의 시선이 민허 쪽으로 향했다.

"강민허 선수군요. 오랜만입니다."

"그러게요. 얼마만인지 모르겠네요."

두 남자가 서로 악수를 주고받았다.

이 모습을 다른 이들이 숨을 죽여 바라봤다.

동시에 여기저기서 플래시 세례가 터졌다. 보기 매우 힘든 진귀한 장면이었기 때문이다.

최강의 챔피언과 겁 없는 도전자의 만남.

두 사람은 게임 팬들 사이에서도 많은 화자가 되었다. 그럼에도 불구하고 지금까지 단 한 번도 맞붙어본 경험이 없었다.

그렇기 때문에 이번 TGP 개인 리그에 많은 관심이 집중되었다.

민허가 본선에 진출하면, 도백필과 맞붙을 가능성이 열리게 되는 셈이었으니까.

"드디어 예선이군요. 오늘 컨디션은 좀 어떻습니까?"

"그럭저럭이네요. 빨리 예선 뚫고 도백필 선수랑 좋은 경기 펼치고 싶은데 말이죠."

"하하! 기대되네요."

얼핏 들으면 좋은 말들 투성이었지만, 대다수의 사람들은 이미 눈치채고 있었다.

말속에 숨겨진 날카로운 비수의 존재를.

대화를 주고받는 사이에 진행 요원이 선수들에게 외쳤다.

"곧 경기 시작합니다! 모두 제자리로 가주세요!"

"이런, 좀 더 이야기 나누고 싶었는데. 아쉽네요."

"나중에 조 지명식 때 못 다한 이야기를 마저 하면 되죠."

민허는 이미 본신 진출을 염두하고 있었다.

물론 백필도 그의 본선 합류를 매우 기대하는 중이다.

최강의 쪼렙, 강민허. 그와 맞붙으면 왠지 재미있는 경기가 펼쳐질 것 같기 때문이었다.

그동안 도백필은 로인 이스 온라인의 1인자로 군림하면서 단 한 번도 설레었던 적이 없었다.

내로라하는 강자들과 숱한 경합을 벌였지만, 그의 심장을 뛰게 했던 상대는 만나보지 못했다.

과연 민허가 도백필에게 자극이라는 감정을 선사할 수 있을까.

본인조차도 기대가 안 될 수가 없었다.

때마침 운이 좋게도 민허의 경기는 10분 뒤에 바로 시작될 예정이었다.

제자리로 돌아가는 민허. 그의 뒷모습을 예의 주시했다.

"코치님."

백필이 입을 열자마자 코치가 곧장 대답했다.

"강민허 선수 경기 보고 싶은 거지? 다 안다."

"역시 코치님이군요."

"우리가 어디 하루 이틀 일했냐. 뭐, 감독님한테는 적당히 둘러댈 테니까 네가 보고 싶은 경기 위주로 봐라."

"감사합니다."

본래 백필이 이곳을 찾은 이유는 같은 팀원들의 사기를 증진시켜 주기 위함이었다.

더불어 필요하면 세컨드로 직접 활동하며 코치 역할도 겸하려 했다.

그러나 강민허라는 존재가 그의 관심을 모조리 앗아가 버린 것이다.

'구경이나 해볼까.'

도백필의 걸음이 빨라졌다.

*   *   *

11조 첫 번째 예선 경기.

민허의 상대는 후다스 JK에 소속된 이진범 선수.

클래스는 마법사. 단, 특이점이 있었다.

철저하게 공격형 스타일을 지향하며, 오로지 불 속성만 찍은 독특한 유형의 마법사를 다룬다.

그래서 붙은 별칭이 파이어 마스터, 이진범.

"잘 부탁드립니다."

"저야말로요."

민허가 먼저 이진범에게 손을 내밀었다.

이진범은 거부감 없이 그의 손을 마주 잡았다.

예선 현장에서 이진범의 모습은 확연하게 눈에 들어왔다. 파이어 마스터라 불려서 그런 걸까. 그의 머리색 또한 짙은 붉은색을 자랑했다.

멋에 신경을 많이 쓰는 모양인지 다른 선수들과 다르게 메이크업까지 제대로 다 받고 왔다.

하지만 외형이 프로게이머의 가치를 드높이는 건 아니었다.

중요한 건 실력이었다.

'어디, 얼마나 잘하나 한번 볼까.'

민허가 가볍게 손을 풀었다.

예선은 3전 2선승제로 진행된다.

탈락하면 끝. 매 경기마다 벼랑 끝에 몰려 있다고 생각하는 편이 좋다.

민허가 몸을 푸는 동안, 이진범의 눈이 그를 뚫어져라 응시했다.

'저게 소문의 쪼렙인가.'

실물로 보는 건 처음이었다.

'생긴 건 제법 준수한데? 꾸미면 좀 괜찮을 거 같은데.'

민허의 외형에 이런저런 평가를 내리던 이진범에게 코치의 잔소리가 이어졌다.

"로그인 안 하고 뭐 하냐? 정신 차려라."

"걱정 마세요, 코치님."

유니폼의 옷깃을 날카롭게 세운 이진범이 강한 자신감을

드러냈다.

"저, 이진범입니다. 폼에 살고 폼에 죽는 남자! 예선부터 탈락하는 건 폼이 안 나잖아요."

"하아, 니 마음대로 해라."

붉은 구레나룻을 만지작하는 그의 모습에 코치도 고개를 절레절레 흔들었다.

프로게이머는 그 숫자도 많은 만큼 개성 있는 선수들도 많은 법.

이진범도 그중 하나였다.

두 남자가 PvP 방에 입성하자 기다렸다는 듯이 곧장 경기가 시작되었다.

이틀 동안 많은 경기를 소화해야 하기 때문에 진행도 최대한 빠르게 해야 했다.

'좋아, 어디 한번 해볼까!'

진범의 의욕이 랜선 너머로 전해질 정도였다.

마법사 클래스임에도 불구하고 적극적으로 거리를 좁혀오는 진범의 캐릭터. 그 모습에 민허가 작은 감탄사를 내비쳤다.

'특이한데?'

플레이 스타일은 지금까지 민허가 보지 못한 유형이었다.

마법사들은 보통 거리를 벌리는 게 정상이었다. 그러나 이진범은 오히려 거리를 좁혀왔다.

심지어 상대는 근접 상위 클래스인 파이터였다. 제아무리 쪼렙이라 하더라도 PvP 보정이 있었기에 몇 대 맞으면 바로 골로 갈 수 있을 터.

'용기가 있는 건지, 아니면 무식한 건지. 보면 알겠지.'

민허가 키보드를 눌렀다. 그러자 라울이 앞으로 빠르게 달려 나갔다.

순식간에 두 캐릭터 간의 거리가 줄어들었다. 1미터 남짓한 순간, 진범이 드디어 선공을 가했다.

화르륵!!!

화염술사의 오른손에 강한 불꽃이 일렁였다.

[플레임 소드]

[마법 공격력: 500]

[쿨타임: 5초]

[마법사 전용 스킬. 화속성 스플래시 대미지를 가한다.]

마법사들이 지니고 있는 몇 안 되는 근접 스킬 중 하나였다.

그가 대충 어떤 스킬을 쓸지 민허도 충분히 예상 가능했다. 일부러 거리를 좁히러 오는 건, 근접 공격 스킬을 사용하고자 하는 의도일 테니까.

그렇지 않으면 굳이 파이터를 상대로 근거리를 유도할 이유가 전혀 없었다.

'플레임 소드라. 이럴 줄 알았으면 속성 저항 세트라도 입고 올 걸 그랬네.'

상대가 한 가지 속성만 사용하는 마법사라면 더더욱 속성 저항 아이템이 빛을 볼 터.

그러나 불행하게도 민허는 속성 저항 세트를 착용하고 오지 않았다.

아니, 애초에 착용하고 올 생각도 없었다. 민허의 우선순위는 어디까지나 라울의 100% 구현이지, 속성 저항 올리기가 아니었기 때문이다.

속성 저항 하나 올리겠다고 라울의 정체성까지 포기할 생각은 전혀 없었다.

빠르게 플레임 소드를 휘두르는 진범. 마법 공격력 자체는 그리 높지 않지만, 스플래시 대미지로 들어오는 속성 공격이 좀 두려웠다.

민허의 전매특허인 라울식 회피가 발동되었다.

그러나 회피를 했음에도 불구하고 라울의 HP가 도트로 깎여갔다.

'근처에만 기도 대미지를 입는구나!'

이진범 같은 특이한 마법사 캐릭터를 적으로 상대해 본 적이 없었기에 정보도 부족했다.

그러나 한 번의 합을 주고받았으니 그것만으로 족했다.

이미 데이터는 쌓였다. 라울식 회피보다 좀 더 거리를 두는 회피가 더 좋을 터.

살짝 뒤로 거리를 벌리자, 진범의 입꼬리가 올라갔다.

"그럴 줄 알았지."

갑자기 진범의 캐릭터가 왼손을 뻗었다. 그러자 거대한 마법진이 형성되었다.

[익스플로전 빔]
[마법 공격력: 1,500]
[쿨타임: 90초]
[마법사 전용 스킬. 전방을 향해 강력한 불기둥을 소환한다.]

예전에 상대했던 고민준 선수의 데스 스트라이크보다 대미지가 더 높은 강력한 스킬이 시전됐다.

한 대 맞으면 거의 초죽음이 된다!

민허가 쪼렙이라는 걸 감안한다면, 크리티컬이라도 터지면 즉사도 가능했다.

'반격기로 되돌려 줄까.'

그게 가장 무난한 방법이었다.

곧장 반격기 커맨드를 입력했다.

경쾌한 키보드 소리와 함께 반격기 스킬이 발동되는 순간.

이상 현상이 발생했다.

―System: 익스플로전 빔이 캔슬되었습니다.

"뭐라고……?!"

시스템 메시지를 보자마자 헛숨이 절로 삼켜졌다.

민허가 캔슬시킨 게 아니었다. 캔슬할 방법도 없을뿐더러, 애초에 민허는 반격의 기회를 노리고 있었기에 캔슬시킬 이유도 없었다.

스킬 발동을 취소한 진범이 다른 커맨드를 입력했다.

메테오 홀. 익스플로전 빔과 거의 비슷한 대미지를 자랑하는 스킬이 발동되었다.

라울의 머리 위에 수십 개의 운석 덩어리가 낙하하기 시작했다.

반격기? 사용 불가다.

쿨타임이 돌고 있었기 때문이었다.

'이걸 노렸구나!'

민허의 얼굴에 당혹감이 어렸다.

반격기의 쿨타임은 30초. 그러나 민허는 반격기를 주력으로 사용하기 위해 일부러 반격기 쿨타임을 줄여주는 템들로 세팅을 마쳤다.

그래서 줄인 쿨타임이 5초였다. 하나 지금은 5초도 부족했다.

메테오 홀 범위에서 벗어나기에도 시간적인 여유가 없었다.

'크리만 안 뜨길 바라는 수밖에 없나!'

방어 스킬을 있는 대로 막 사용해 댔다. 피하는 건 힘들다. 크리티컬이 뜨지 않는 이상, 생존은 가능할 터.

HP 수치는 바닥으로 떨어지겠지만, 지금은 그런 것보다 살아남는 게 최우선이었다.

콰콰콰콰콰광!!!

민허의 귓가에 강한 타격음이 휘몰아쳤다. 이어폰을 빼고 싶을 만큼 강렬한 사운드였다.

라울의 HP바에 시선을 고정시켰다.

남은 HP 수치, 59.

살아남긴 했지만, 거의 죽은 것과 다를 바가 없었다.

메테오 홀이 끝나자마자 진범의 화염술사 캐릭터가 다시 앞으로 튀어나왔다.

플레임 소드!

"소문이 자자하더니, 별거 아니네!"

진범이 호기롭게 외쳤다. 벌써 승리를 확정지은 듯한 그런 분위기였다.

플레임 소드는 민허에게 있어서 더할 나위 없이 위협적인 스킬이었다. 회피와 무관하게 가까이만 있어도 도트 대미지가 들어오기 때문에 민허에게 굉장히 부담스러운 공격 수단이었다.

반대로 말하자면, 진범은 선택할 수 있는 최고의 공격지를 택한 셈이었다.

'괜히 R 리그 선수가 아니구나!'

이 순간, 민허는 진심으로 놀랐다.

진범의 빠른 판단력과 행동, 그리고 실력까지.

쿨타임을 이용한 계산적인 플레이에 혀를 차고 말았다.

플레임 소드를 발동시킨 채 민허 바로 앞까지 다가왔다.

그러나 민허도 호락호락한 상대는 아니었다.

'본선 무대에서 깜짝 필살기로 보여주려고 했는데, 설마 여기서 꺼내게 될 줄이야.'

호흡을 내쉰 민허가 빠르게 커맨드를 입력해 나갔다.

지금까지 보여준 적 없는 패턴의 커맨드였다.

입력이 끝난 순간, 라울이 갑자기 이질적인 포즈를 취했다.

양손을 오른쪽 허리춤 뒤쪽에 위치시켰다. 마치 기를 모으는 것 같은 그런 모습이었다.

'뭐야? 저거.'

진범이 고개를 갸우뚱하는 순간.

갑자기 라울이 양손을 전방으로 내뻗었다.

이름하야 에너지 파! 모 만화의 에네르기파와 흡사한 공격 패턴이었다.

깜짝 공격에 제대로 반응하지 못한 탓일까. 둥근 에너지 덩어리가 진범의 캐릭터를 관통했다!

"헉!!"

새된 비명을 질렀다.

하필이면 진범이 공격에 나서는 때였을 때 받은 기습 공격이었기에 카운터 판정까지 뜨고 말았다!

보다 더 많은 대미지가 들어간 덕분일까. HP가 기하급수적으로 줄어들었다.

순식간에 반의 HP를 잃어버렸다.

민허가 처음 선보이는 공격 패턴이었다. 상대가 당혹감에 빠진 순간, 민허가 곧장 틈을 파고들었다.

라이트닝 어퍼!

진범의 캐릭터가 공중에 붕 떴다.

이어지는 그의 화려한 콤보가 결국 진범을 절망의 나락으로 빠뜨렸다.

―System: 라울 님의 승리!

시스템 메시지의 승리 선언에 그제야 민허가 의자에 몸을 기댔다.

"휴우, 까딱하다가 질 뻔했네."

정말 아슬아슬했다.

한편, 의외의 공격을 당한 진범이 어이가 없는 웃음을 흘렸다.

"우리 쪼렙께서 준비 단단히 하고 오셨구먼."

점점 더 의욕이 불타오르기 시작한 진범이 옆자리에 놓인 자신의 가방을 향해 손을 뻗었다.

이윽고 손에 들린 무언가를 얼굴에 착용했다.

선글라스였다.

"어디 한번 제대로 붙어보자고, 형씨."

이진범의 선글라스가 등장하자 주변 사람들이 크게 웅성이기 시작했다.

"뭐야, 무슨 일이야?"

"이진범 선수가 선글라스 썼어요!"

"뭐?! 진짜?"

"진짜라니까요!"

"세상에. 그 이진범이 예선전에서 선글라스를 꺼내 들 줄이야."

여기저기서 선글라스 때문에 말이 많이 나오고 있었다.

민허가 이 소란을 알아차리지 못할 리 없었다.

"코치님. 갑자기 저 선수, 왜 선글라스 끼는 거예요? 저 행동에 뭔 의미가 있나요?"

"그건 말이다."

오진석 코치가 최대한 목소리를 낮췄다.

"기분이 업될 때마다 쓴다고 하더라."

"한마디로 열받을 때 나오는 증상이군요."

"쉬잇!!! 들린다, 들려!"

오 코치가 필사적으로 민허의 말을 막아섰다. 다행스럽게도 인파가 많아서 그런지 이진범의 귀에까진 도달하지 않았다.

하긴, 탈락의 문턱 앞에 섰는데 긴장되지 않을 리가 있겠나. 어떤 의미로 그에게는 절체절명의 위기 상황이기도 했다.

두 번째 경기에 들어가기 전에, 이진범이 의도적으로 목소리를 높였다.

"설마 선글라스를 이렇게 일찍 꺼내 들게 될 줄이야. 요즘 신인은 제법이네!"

민허도 이에 가만히 있을 수 없었다.

"이쪽도 본선 무대 올라가서 써먹으려 했던 히든카드를 여기서 사용해 버릴 줄은 몰랐습니다."

"그 에네르기파?"

"에너지 파요."

"그게 그거지, 뭐."

민허는 아니라 우겼지만, 사실 거의 흡사했다.

약간의 신경전과 함께 시작된 두 번째 경기. 선취점을 먼저 가져간 민허로선 그나마 덜 부담스러웠지만, 그래도 마지막까지 방심은 절대 금물이었다.

경기에 들어가자마자 진범의 캐릭터가 또다시 득달같이 달려들었다.

첫 번째 세트와 같은 패턴이었다.

플레임 소드가 민허에게 휘둘러 졌다. 플레임 소드로부터 최대한 멀리 회피하는 걸 선택했다. 그의 화염 스킬 앞에서 라울식 회피는 별다른 의미가 없었다.

회피, 그리고 또 회피.

공격의 주도권을 다시 빼앗아 오기 위해 멀찌감치 거리를 벌리는데, 진범의 캐릭터가 다시 오른손을 뻗었다.

매섭게 쏟아지는 익스플로전 빔. 이것도 아까와 같은 양상이었다.

'의도가 뭔지 모르겠지만, 어울려 주도록 하지!'

민허도 아까와 같이 반격기 커맨드를 입력했다.

라울이 반격 자세를 취하자, 익스플로전 빔이 재차 캔슬되었다.

모르는 사람이 보면 아마 리플레이 영상을 보는 건 아닐까 하는 착각이 들 만큼 매우 흡사했다.

메테오 홀 패턴도 마찬가지였다.

익스플로전 빔 캔슬 이후 메테오 홀 시전. 그 순간 민허의 미간이 일그러졌다.

'설마!'

진범이 노리는 게 있었다.

바로 이 메테오 홀 타임이었다.

플레임 소드를 휘두르기 전, 진범은 자체적으로 버프 스킬 하나를 발동시켜 뒀다.

크리티컬 확률 향상 버프!

최대 20%까지 올라가는 아주 효율적인 버프다.

'여기서 크리를 터뜨려서 죽이려는 심산이구나!'

이제야 그 의도를 깨달았다. 그래서 일부러 첫 번째 경기와 같은 방식으로 경기를 이끌어갔던 것이다.

애초에 진범은 민허에게 신스킬인 에너지 파를 사용할 기회조차 주지 않을 심산이었다.

크리가 터지느냐, 마느냐!

그것으로 이번 경기의 승패가 갈린다!

그러나 민허는 알고 있었다.

메테오 홀은 캐스팅 없이 바로 시전 가능한 아주 좋은 화 속성 공격 마법이다. 그러나 큰 단점이 있다.

바로 메테오 홀이 발동하는 동안, 시전자 역시 무방비 상태 가 된다는 사실을!

메테오 홀 주문 영창 모션이 계속해서 이어지기 때문에 그 어떠한 스킬도, 아이템도 사용할 수 없었다. 그것이 메테오 홀 의 치명적인 단점이었다.

'도박 한번 걸어볼까!'

다시 한번 에너지 파를 장전했다.

메테오 홀이 거의 라울을 덮치기 일보 직전에 스킬 발동키 를 눌렀다.

피유우우웅!!

웬만한 투척 아이템보다 빠르게 날아드는 에너지 덩어리.

논 타겟팅 스킬임에도 불구하고 정확하게 진범의 캐릭터를 향했다.

또 한 번 에너지 덩어리가 화염술사 캐릭터의 몸에 적중했 다. 그러나 아직 끝이 아니었다.

메테오 홀의 공격을 버텨내야 한다!

콰과과광!!

다시금 메테오 홀의 무지막지한 사운드 공격이 이어졌다.

다행스럽게도 크리티컬은 터지지 않았다.

라울이 생존해 있음을 확인하자마자 민허가 다시 에너지 파를 장전했다.

진범 역시 공격 스킬을 시전하려 했다.

'메테오 홀은 안 돼! 그렇다면……!'

익스플로전 빔의 쿨타임이 때마침 돌아왔다!

스킬을 캔슬하면, 평상시보다 더 빠르게 쿨이 돈다. 그 점이 진범에겐 호재로 작용했다.

익스플로전 빔이 발사되는 순간, 승리의 미소를 지은 건 진범이 아닌 민허였다.

─System: 라울 님이 스킬을 캔슬했습니다.

"……!"

방금 전까지만 하더라도 에너지 파 충전 모션을 실행하던 라울. 그러나 이내 에너지 파를 캔슬하고 다른 스킬 준비 동작에 들어갔다.

진범은 라울이 하려는 스킬이 뭔지 알아차렸다.

반격기였다.

"이 순간을 기다렸다."

익스플로전 빔이 튕겨 나가나 싶더니, 이내 선회해 진범을 덮쳤다!

대미지가 자그마치 1,500이나 된다. 안 그래도 에너지 파에 HP 대부분을 상실했는데, 여기서 더 이상 효율적인 방어 수단은 없었다.

결국 아웃 선언을 당해 버린 진범이 천천히 선글라스를 벗었다.

"하… 거참."

뭐라 말로 표현하기 힘들었다.

예선 탈락의 고배를 마시게 된 그였지만, 굴욕감이라든지 그런 감정은 들지 않았다.

자리에서 일어선 진범이 민허에게 먼저 다가갔다.

그러더니 손을 내밀며 이렇게 말했다.

"재미있었어. 실력이 굉장하던데?"

어느 순간 말을 놓기 시작한 진범이었으나 민허는 불편한 기색을 드러내지 않았다.

나이도 어차피 진범이 더 많았으니까.

"제가 운이 더 좋았을 뿐이에요. 만약 메테오 홀에서 크리가 터졌다면, 아마 제가 졌을 겁니다."

"아니, 확률상으로 따져봐도 네 쪽에 더 승산이 있었어. 내가 아무리 크리 버프를 걸어도 확률은 40%가 안 됐었으니까."

깔끔하게 민허의 승리를 인정하는 모습. 보기 좋았다.

민허도 이런 진범의 태도가 마음에 드는지 미소로 화답했다.

승자와 패자가 모두 웃는 진기한 장면이었다.

*   *   *

예선 첫 번째 경기를 시작으로 민허의 기세는 꺾일 줄 몰랐다.

최종전까지 오르더니, 결국 쉽게 본선 진출권을 따내는 데에 성공했다.

그런 그에게 허 감독이 다가와 격려의 말을 건넸다.

"고생했다, 민허야."

"아닙니다. A 리그 때보다 쉬웠는걸요."

"너라면 그렇게 말할 줄 알았다. 네 차례는 다 끝났으니까 먼저 들어가서 쉬어도 좋아."

"아니요. 여기 남아서 세컨드 역할이라도 하고 싶어요."

"세컨드? 네가?"

"감독님이 허락만 해주신다면요."

"음……."

고민할 필요가 없었다.

오진석, 나선형이라는 유능한 코치들이 있긴 하지만, 이들이 ESA 모든 선수들의 세컨드로 참가하는 건 현실적으로 불가능에 가까웠다.

20여 명의 선수들을 고작 단 두 명이 어떻게 담당한단 말인가.

민허가 세컨드로 도와준다면 그야말로 땡큐였다.

하나 걱정되는 게 있었다.

"R 리그 선수들은 네 말 안 들을 텐데. 녀석들 자존심이 보통이 아니라서 말이야."

"상관없어요. 애초에 전 진성이 형하고 보석이 형, 두 사람만 봐주려고 했거든요."

진성은 앞으로 한 경기만 더 이기면 본선 진출에 합류할 수 있게 된다. 보석은 이제 겨우 예선 두 번째 경기를 치른 상황. 이런 때에 민허가 전담으로 붙어준다면 두 사람에게도 많은 도움이 될 것이다.

민허도 두 사람의 세컨드에 적극적인 의욕을 드러냈다.

오면서 들었던 보석의 속사정이 아직도 머릿속에 계속 맴돌았기 때문이었다.

결국 허 감독이 고개를 끄덕였다.

"알았다. 애들한테는 내가 말해두마."

"감사합니다, 감독님."

정식 허가를 받은 뒤, 가장 처음 찾은 인물은 바로 성진성이었다.

6조 결승전을 앞에 두고 있는 성진성. 의자에 앉은 그의 얼굴에는 긴장이 역력했다.

조심스럽게 뒤로 돌아간 민허가 진성의 옆구리를 쿡 찔렀다.

"왁?!"

"안녕, 형."

민허를 보자마자 진성의 입에서 쌍욕이 튀어나왔다.

"이런 미친놈을 봤나! 무슨 개짓거리야!!"

"형이 너무 긴장하고 있는 거 같아서 좀 풀어주려고 한 거야."

"심장 터질 뻔했다고!"

"괜찮아. 인간의 심장은 그렇게 약하지 않으니까. 그보다 상대는 누군데?"

"그걸 왜 묻냐."

"내가 형 세컨드로 붙었으니까."

"…뭐?"

잘못 들었나 싶었다. 그러나 민허의 표정은 사뭇 진지했다.

"형, 본선 올라가고 싶다며? 내가 도와줄 테니까 안심해."

"감독님이 허락했어?"

"물론."

"감독님이 결국 날 버렸구나! 코치님도 아닌 너를 세컨드로 붙여주리라고는 생각하지도 못했는데."

"도와주러 온 사람한테 엄청 실례되는 말을 하네. 어디 보자. 상대가 누군지부터 볼까?"

결국 진성을 놔두고 직접 상대 선수를 확인하기 위해 움직였다.

조사 결과.

"한동지 선수네."

"굳이 말하지 마라. 안 그래도 암울하니까."

R 리그에서 결승전까지 진출했던 경력을 지닌 남자, 한동지 선수.

강팀으로 분류되는 나이트메어에 소속되어 있다.

"하필이면 가장 기피하고 싶은 상대랑 붙다니. 진짜 나란 놈은 운도 지지리도 없지!"

"왜 그래, 진성이 형. 같은 조인 이상, 위로 올라가면 올라갈수록 한 번은 붙게 되잖아."

"본선 진출 확정 지은 놈이야 쉽게 말할 수 있지, 난 겨우 손에 거머쥔 기회라고."

개인 리그 본선 진출! 프로게이머라면 꿈에 그리는 바로 그 무대를 코앞에 두고 있는 거 아니겠는가.

긴장될 만도 했다.

그 긴장을 풀어주는 게 세컨드의 역할이기도 했다.

"침착해. 형도 충분히 강해. 상대에 비해 꿀린다는 생각 가지지 말고 자신감 있게 나가."

"노력해 보마."

"전략은 있어?"

"전략이야 뭐… 그냥 싸우다 보면 되지 않을까."

상대도 진성과 같은 근접 전사. 난투전이 예상된다.

다만, 다루는 무기가 좀 달랐다.

진성이 한 손검에 한 손 방패라면, 동지는 쌍검 전사다.

딜은 동지가 더 강할 수 있지만, 방어력은 진성이 한 수 위였다.

"어차피 방어 쪽은 내가 더 높으니까, 지구전으로 가면 되겠지."

"에이. 형, 그러니까 안 되는 거야."

"또 뭐가, 임마."

"적어도 본선 무대로 진출하려면, 필살기 정도는 가지고 있어야지, 안 그래?"

무엇을 말하고 싶어 하는 걸까.

불안감이 진성을 엄습했다.

*   *   *

경기 시작 전.

한동지의 곁에 붙은 나이트메어 코치가 작전을 설명했다.

"저놈, 예선 결승전에 처음 올라왔으니까 아마 무난하게 플레이할 거다. 의외성 있는 플레이 한두 번 섞어주면 저쪽이 알아서 무너질 거야."

"예, 코치님."

경험이 별로 없다. 그점을 활용한 공략이었다.

곧이어 시작된 첫 세트.

두 사람 다 근접 전사 클래스답게 서로 단숨에 거리를 좁혔다.

'신인은 내 먹이지!'

강한 자신감을 드러내는 한동지. 그가 먼저 선공을 날렸다.

오른손에 들려진 검을 위에서 아래 방향으로 후려쳤다.

분명 방패로 방어하기를 선택할 터. 수동적인 태도로 나오는 걸 확인하는 순간, 계속해서 공격권을 쥐고 흔들 것이다. 쌍검이 한 손 검보다 공속이 더 빠르기에 가능한 방법이다.

그렇게 되면 진성은 방어만 하다가 끝나게 된다. 그것이 한동지의 작전이었다.

그러나.

퉁! 소리와 함께 그의 검이 튕겨 나갔다.

"어……?"

벙찐 표정으로 모니터를 바라봤다.

그냥 방패만 들고 거북이처럼 틀어박히리라 예상했던 것과 다르게 진성은 방패를 이용해 그의 검을 튕겨냈다.

패링 성공과 동시에 일시적으로 동지의 캐릭터가 경직되었다.

푸욱!

빈틈을 만들어낸 진성의 캐릭터가 곧장 검을 찔러 넣었다.

방어와 공격을 동시에 하는 기술, 패링(Parrying)이다.

파이터들에게 반격기가 있다면, 방패를 든 전사들에겐 패링이 있다.

방패를 들어야 한다는 조건만 빼면 거의 반격기 스킬과 매우 흡사한 기술이었다.

그 말은 곧, 그만큼 발동시키기 힘든 스킬이라는 것을 뜻했다.

상당히 어려운 기술임에도 불구하고 진성은 단숨에 패링을 성공시켰다.

경직 상태에 들어간 동지의 쌍검 전사. 그 틈을 놓치지 않고 곧장 검을 찔러 넣었다.

잡기 판정이 뜨면서 동지에게 적지 않은 대미지를 선사했다.

"패링이라고?! 이런 미친!"

예상치 못한 반격기류 스킬이 등장했다.

적지 않게 당황하는 동지. 그의 동공이 크게 흔들렸다.

마치 직접 패링을 당한 것 같은 착각마저 불러일으켰다.

반격기라 그런지 당한 대미지도 적지 않았다. 순식간에 5분의 1에 해당하는 HP를 잃어버렸으니 동요될 수밖에 없었다.

경기에 들어가면 사실상 세컨드와 선수의 의사소통은 차단된다. 그렇기에 코치 역시 안절부절못할 수밖에 없었다.

한편, 멋지게 패링을 성공시킨 진성은 자신감을 회복했다.

'좋았어! 역시 저 녀석이랑 죽어라 연습했던 보람이 있네!'

민허와 함께 연습 경기를 반복, 또 반복했던 그.

민허에게 잔소리도 수도 없이 들었다.

지옥의 연습 결과, 패링을 구사할 수 있을 만큼의 단계까지 올라섰다.

그러나 확률은 그리 높지 않았다.

기껏해야 40퍼센트 정도. 컨디션이 좋은 날에는 50퍼센트를 넘기곤 했다.

이것만으로도 크나큰 무기가 될 수 있었다. 지금처럼 성공하면 큰 대미지는 물론 상대방에게 정신적인 충격까지 가미시키는 것도 가능하니까.

단, 실패하면 대미지를 1.5배로 받는다.

실패는 곧 패배를 뜻한다. 그것만 유의하면 된다.

'이 흐름 그대로 끌고 가자!'

패링 한 번으로 공격권을 가져왔으니, 이제 계속 몰아붙이는 일만 남았다.

민허가 지시한 작전 그대로였다.

무자비하게 휘몰아치는 진성의 검. 분명 동지 쪽이 공속이 더 빠름에도 불구하고 대처할 수단이 없었다.

공격을 할라 치면 방금 전에 당했던 패링의 두려움이 엄습했다.

'이번에 한 번 더 패링당하면 끝이야!'

돌이킬 수 없는 결과로 이어진다. 그 두려움이 동지를 소극적으로 만들었다.

한 번의 유리함을 끝까지 잘 리드한 진성이 결국 마지막 일격을 가했다.

"큭!"

동지의 외마디 비명과 함께 그의 모니터가 흑색으로 물들었다.

첫 번째 패배는 치명적이다.

그러나 아직 게임이 끝난 건 아니다.

헤드셋을 벗은 동지에게 곧장 코치의 멘탈 케어가 들어갔다.

"집중해라, 동지야. 아직 진 거 아니다. 충분히 기회 있어!"

"예, 코치님!"

이들과는 반대로 민허는 딱히 응원의 말을 건네지 않았다.

그저 단 한 마디뿐.

"두 번째도 작전대로 고고."

"그래, 알았다. 까짓것 해주마!"

민허가 짜준 작전은 딱 두 번째 세트까지밖에 없었다.

세 번째 세트 따윈 없다. 오로지 2 대 0 스코어만 보고 짠 작전이다.

만약 세 번째 세트까지 간다면, 역전을 당할 가능성이 있다.

신인과 기성. 두 부류의 가장 큰 차이점은 바로 경험의 유무다. 경기가 장기화되면 될수록 기성에게 유리해진다. 그렇기 때문에 민허는 기성인 동지를 상대로 최대한 짧은 경기를 펼치는 게 좋다고 판단했다.

그러기 위해 꺼내 든 필살기가 바로 패링이다.

실패하면 망하지만, 성공하면 대박이다.

첫 번째는 대박을 쳤다.

그렇다면 두 번째는?

그건 오로지 게임의 여신만이 알 터.

*　　　*　　　*

두 번째 경기.

조심스럽게 다가간 동지가 곧장 공격 자세를 취했다.

쉬는 시간에 코치가 그에게 해준 말이 있었다.

'패링은 성공하기 어려운 기술이다. 저쪽도 쉽게는 못 꺼내들 거야. 그러니까 부담 가지지 말고 그냥 막 공격해!'

일리가 있는 말이었다.

반격기류 스킬 성공률이 100퍼센트에 달하는 게이머는 지금까지 없었다.

아니, 딱 한 명 있다.

맞은편에 세컨드로 활약 중인 남자, 강민허. 오로지 그만이 공식전에서 반격기를 전부 다 성공시킨 유일무이한 남자였다.

하나 성진성은?

그는 민허 같은 재능과 피지컬을 가진 선수가 아니다. 분명 패링에 대한 실패 부담도 안고 있을 것이다.

'좋아, 신인 상대로 괜히 쫄지 말자!'

자신감을 되찾은 동지가 큰 기술을 준비했다.

그의 장기 중 하나. 달섬 가르기였다.

빠르고 대미지 또한 강한 공격 기술이었기에 동지를 상대하는 플레이어라면 항상 염두에 두어야 하는 기술 중 하나였다.

'첫 세트에 당한 거, 이걸로 전부 되돌려 주마!'

기세가 등등했다.

그러나 진성도 기세 면에선 뒤처지지 않았다.

그도 패기 좀 부릴 줄 안다.

비스듬히 방패를 들어 올렸다. 패링 스킬 준비 모션이었다.

'이번에는 실패하겠지!'

애써 두려움을 이겨내는 동지였다.

애초에 성공 확률이 극악으로 낮은 스킬이다. 두 번 연속 성공한다는 건 말이 안 된다.

그렇지만 동지가 잊은 게 하나 있었다.

진성의 연습 상대가 되어준 게 바로 민허라는 점이다.

투웅!

둔탁한 소리가 들려왔다.

"또라고?!"

동지가 입을 쩍 벌렸다.

두 번 연속 패링 성공! 놀라움의 극치였다.

또다시 경직된 동지의 캐릭터. 진성이 이번에는 좀 더 큰 기술을 준비했다.

풀 차징 이후 검을 크게 휘둘렀다. 그 한 방의 일격에 HP가 반이 넘게 달았다.

"빌어먹을!!!"

욕지거리가 안 튀어나올 수 없었다.

캐릭터를 뒤로 빼고 보는 동지. 양손에 절로 힘이 들어갔다.

'여기서 떨어지면 탈락이다! 탈락이라고!!!'

비록 우승은 못 했지만, 그래도 결승까지 올라갔던 천하의 한동지 아니겠는가. 그런 그가 예선에서, 그것도 A 리그에서 활동 중인 신인을 상대로 예선 탈락 통보를 받는 건 죽어도 싫었다.

'이렇게 된 이상, 이판사판이다!!!'

다시 한번 달섬 가르기를 준비했다.

'이번에야말로! 이번에야말로 실패하겠지!!'

2연속도 놀랍긴 하지만, 3연속 패링은 거의 불가능이라 봐도 무방했다.

역전의 기회는 단 한 번뿐! HP 수치가 크게 뒤쳐져 있긴 하지만, 이제부터 차근차근 역전의 시나리오를 작성해 가면 된다.

우우우우웅!

필살의 달섬 가르기가 발동되었다. 검신에 맺힌 검기가 날카롭게 빛났다.

진성을 아웃시키기 위해 달려드는 동지의 기세가 매섭다.

그러나 여기에 겁먹을 진성이 아니었다.

"3연속 패링!"

투우웅!!

거짓말같이 성공했다!

세 번 연속 패링을 당하면 상대하는 선수의 멘탈이 부서질 만도 했다.

경직 이후 진성의 빠른 공격이 이어졌다.

동지의 HP가 0이 되는 순간, 진성이 양손을 번쩍 추켜올렸다.

"아싸!!! 이겼다, 이겼다고!!! 본선 진출이다!!!"

그토록 염원하던 개인 리그 본선 무대다!

그간 얼마나 많은 절망을 맛봤던가. 이제야 보상을 받는 듯했다.

한편, 기뻐하는 진성을 뒤로하고 곧장 다른 쪽으로 장소를 이동하는 민허.

'어디 보자. 보석이 형 자리가 저기인가?'

아직 민허의 세컨드 임무는 끝나지 않았다.

*   *   *

현재 ESA 중에서 본선 진출을 확정지은 이는 주장인 최승헌과 강민허, 그리고 성진성. 이렇게 세 명뿐이었다.

그러나 아직 실망하기엔 이르다. 경기가 예정되어 있는 선수들이 오늘, 내일을 통틀어 아직 많이 남아 있었기 때문이었다.

그중 한 명이 한보석이었다.

"잘했어, 형. 나이스 플레이."

진성의 경기 결과를 확인하자마자 민허가 바로 보석의 세컨드로 합류했다.

그의 조언 덕분일까. 벌써 4강에 이름을 올렸다.

"이것만 이기면 결승이야."

"그렇네. 어느새 이렇게……."

자신의 성적이 아직 제대로 실감되지 않았다.

개인 리그는 A 리그, R 리그 구분 없이 시행된다. R 리그 선수들과 대결하면서 예선 4강까지 올라왔다는 것만으로도 한보석에게 있어서 크나큰 영광이었다.

아마 그의 역대 개인 성적 중 가장 높을 것이다.

그러나 여기서 만족하면 안 된다. 민허는 적어도 그렇게 생각했다.

목표는 오로지 본선 진출이다.

상대방을 보고 작전을 짜는 건 민허의 일. 나머지는 보석의 몫이었다.

이번에 걸린 상대는 활을 주 무기로 삼는 원거리 딜러였다.

"최대한 거리 좁히고 싸워."

"그러다가 내가 당하면 어쩌려고."

보석도 방어력이 그리 높지 않은 버퍼 캐릭터였다. 그런데 딜러를 상대로 거리를 좁힌다? 그로서는 자살행위로밖에 보이지 않았다.

하나 민허는 확신에 차 있었다.

"내 작전대로 하면 이길 거야. 형, 나 믿지?"

민허는 이미 자신의 능력을 증명했다. 팀의 브레인이자 최고의 스트라이커. 그게 바로 강민허다.

"알았다. 한번 믿어보마."

결국 민허의 작전에 따르기로 했다.

게임이 시작됨과 동시에 민허가 지시한 대로 거리를 좁히기 위해 이속 버프를 걸었다.

다다다다다닥!

빠르게 이동하는 보석. 상대방은 보석이 근접전을 유도해 올 거란 생각은 못한 모양인지 미처 그의 행동에 대응하지 못했다.

마법 공격력이 아닌 물리 공격력을 주로 가한다. 이것 또한 민허의 지시 중 하나였다.

들고 있던 단검에 공격력 상승 버프를 걸었다.

슈룽!

단검이 지나갈 때마다 상대방에게 대미지를 입혔다.

원거리 딜러에게도 이속 버프는 필수였다. 왜냐하면 보석처럼 일부러 근접 싸움을 걸어오는 적을 뿌리치기 위함이었으니까.

그러나 버프 싸움으로 가면 보석이 한 수 위였다. 그의 이속 버프가 상대방보다 더 우위를 자랑했다.

자신의 장점을 최대한 살려 상대방의 단점을 공략한다. 기본적인 작전 지시였다.

그리고 그 작전은 보석을 승리로 이끌었다.

"이, 이겼어?!"

본인이 이겼음에도 불구하고 어안이 벙벙했다.

정말로 이길 거라고 생각하지 못했던 모양인가 보다.

"정신 차려, 형. 아직 한 경기 더 남았어."

"그, 그래! 집중해야지."

비현실적인 현실에 잠깐 영혼이 이탈 직전까지 갔었다.

두 번째 세트도 민허가 지시한 대로 흘러갔다.

보석의 추격을 뿌리치기 힘들었다. 대안을 마련하기에는 너무 짧은 시간이었다.

결국 2 대 0이라는 스코어를 따내는 데에 성공했다.

"민허야."

"왜? 형."

"잠깐 내 옆구리 좀 세게 꼬집어줄래?"

"알았어."

이런 건 굳이 거절하지 않는다.

있는 힘을 다해 꼬집자, 보석의 입에서 비명 소리가 튀어나왔다.

"아야야야야! 그, 그만! 그마아아안!!"

"이제 꿈 아니라는 거 알겠어?"

"그래, 현실이 이리도 아픈 거라는 사실도 깨달았어."

"아직 멀었어, 형. 결승 준비해야지."

툭! 보석의 어깨를 강하게 쳤다.

아직 게임은 끝나지 않았다. 이제 막 시작되었을 뿐.

"근데 형. 결승전 상대는 누구야?"

"글쎄. 아, 이제 결정된 거 같은데?"

"확인하러 갈까?"

다른 쪽 경기도 이제 막 끝난 모양인지 진행 요원 중 한 명이 보드판으로 다가갔다.

검정색 펜을 들어 한보석이라는 이름 세 글자를 적었다.

그리고 그 옆에 보석이 결승전에서 상대할 선수의 이름을 새겨 넣었다.

이름을 확인하는 순간, 보석과 민허의 얼굴이 굳어졌다.

서예나.

나이트메어 팀 소속 최강의 힐러 중 한 명.

그녀가 한보석의 본선 무대 진출 앞을 가로막는 최종 보스로 등장했다.

서예나라는 이름 세 글자를 보는 순간, 한보석에게 절망이 엄습했다.

"왜 하필이면……."

그 많고 많은 선수 중에서 서예나가 걸릴까.

이 말을 하려 했던 보석이었으나, 찰나의 순간에 입을 닫았다.

사실 예선전 결승, 그러니까 본선 무대 진출 티켓 마지막 관문까지 올라오는 프로게이머들은 그 누구라도 어마어마한 능력을 지닌 실력자들이었다.

필히 예나가 아니더라도 다른 누군가가 보석의 앞길을 가로막았을 것이다.

긍정적으로 생각하는 편이 좋았다. 차라리 보석이 제일 껄끄러워하는 근접 형태의 전사 클래스와 만나지 않은 것만으로도 다행이라고 말이다.

"멘탈 챙겨야 해, 형. 벌써부터 세상 다 끝난 표정 지으면 안 된다고."

"그, 그래야지. 고맙다, 민혁아."

"천만에. 당연한 말을 해준 것뿐이야."

민허 덕분에 완전히 평정심을 되찾을 수 있었다.

"오히려 예나랑 붙게 된 게 더 잘된 일일지도 몰라."

"그게 무슨 소리냐?"

"예나에 관련된 데이터를 많이 가지고 있잖아. 안 그래?"

"생각해 보니 그러네."

예나는 ESA 멤버들과 친분이 두터운 여성 게이머다. 평상시에도 자주 던전을 돌거나 PvP 연습도 하는 게이머였기에 이들의 머릿속에는 어느 정도 예나에 대한 데이터가 쌓여 있는 상태였다.

전혀 모르는 실력자와 맞붙는 것보다 그나마 좀 아는 예나와 붙는 게 더 수월하지 않을까.

이 생각이 보석에게 긍정 파워를 실어줬다.

한편, 보석이 결승 상대임을 확인한 나이트메어 측에선 안도하는 분위기였다.

예나의 세컨드로 활약 중인 서민석 코치가 그녀에게 이른 축하를 건넸다.

"본선 진출 하겠네. 축하한다, 예나야."

"무슨 소리예요, 코치님. 아직 경기는 안 끝났어요."

방심했다가 잘나가는 프로게이머조차 떨어지는 그곳이 바로 프로의 세계다.

물론 도백필 같은 실력자는 논외에 해당되겠지만 말이다.

상대가 보석이라고 함부로 무시할 수는 없었다. 보석의 실력이 범상치 않다는 건 예나도 잘 안다.

그리고 무엇보다 신경 쓰이는 게 있었다.

보석의 세컨드로 붙은 한 남자. 강민허의 존재가 매우 거슬렸다.

직접 경기를 보진 못했지만, 민허가 세컨드로 붙자마자 진성이 본선 진출을 확정 지었다는 소식을 전해 들었다.

진성이 잘하는 것도 있을 테지만, 민허의 작전도 결코 무시하진 못할 터.

'강민허. 의외로 코치로서의 자질도 가지고 있나 보네.'

다재다능(多才多能)이라는 단어가 절로 떠올랐다.

피지컬이 뛰어날 뿐만 아니라 상대방을 보는 분석력, 그리고 그에 걸맞은 판을 짜는 능력도 갖췄다.

어쩌면 허 감독은 민허의 코치로서의 능력을 알아보기 위해 일부러 세컨드를 맡겼을지도 몰랐다.

아직까지는 괜찮은 흐름인 것 같다.

그러나.

'그 흐름, 내가 여기서 끊어줄게.'

예나도 승부욕이 강한 프로게이머였다.

*　　　*　　　*

힐러는 로인 이스 온라인에서도 희귀 클래스다. 특히나 PvP에선 힐러의 모습은 거의 찾아보기 힘들다.

제아무리 PvP 보정을 받았다 하더라도 공격 스킬이 주가 아닌 클래스로 높은 성적을 거두는 건 매우 힘든 일이기 때문이었다.

그럼에도 불구하고 서예나는 항상 본선 무대에 자신의 이름을 올렸다.

게다가 빼어난 미모 덕분에 인기 또한 매우 많은 편이었다. 문제는 그놈의 성격이었지만 말이다.

자리를 잡은 두 선수들.

게임에 들어가기 전에 보석이 민허에게 의견을 구했다.

"어떻게 할까, 민허야."

그라면 분명 이 불리한 매치를 한 방에 뒤집을 만한 작전을 떠올렸을 것이다.

그러나 돌아온 대답은 실망 그 자체였다.

"그냥 싸워봐."

"응?"

"말 그대로야. 첫 세트는 일단 작전 없이 부딪쳐 봐. 저쪽이 어떻게 나오는지 한번 보게."

그 말인즉슨.

첫 세트는 버린다와 같은 말이었다.

실력 대 실력으로 붙는다면 보석이 압도적으로 불리하다. 그건 업계 관계자라면 누구나 알고 있었다.

상식적으로 생각해 봐도 뻔했다. 본선 진출을 수차례 한 예나와 A 리그에서 전전긍긍하던 한보석. 객관적으로 봐도 예나가 유리하다는 걸 알 것이다.

당사자들도 그걸 잘 안다.

그래도 일단은 민허를 믿어볼 수밖에 없었다.

"알았어."

결국 아무런 작전도 없이 첫 세트에 임하게 된 보석.

아무런 장비 없이 전쟁에 임하는 것과 다를 바 없었다.

—System: 곧 대전이 시작됩니다.

—System: 3, 2, 1… Fight!

시스템 보이스가 개전을 알렸다.

시작됨과 동시에 적극적인 움직임을 펼친 쪽은 예나였다.

공격력 상승 버프를 비롯해서 이속 상승, 크리티컬 확률 증가, 힐량 증가 등 각종 버프들을 걸었다.

버퍼인 보석보다도 더 버프 종류가 많았다.

하기야. 전문 힐러는 보석처럼 딜과 버프를 양립하는 어중간한 버퍼보다도 훨씬 더 많은 양의 버프 스킬을 지니고 있었다.

오죽하면 버프가 힐러의 밥줄이라는 말도 나오겠는가.

이에 질세라 보석도 최대한 많은 양의 버프를 걸었다.

버프 싸움의 결과는 예나의 승리였다.

전방을 향해 쇄도하는 예나의 움직임은 전사 클래스보다도 더 빨랐다.

스태프가 아닌 단도 하나를 꺼내 든 예나의 캐릭터. 몸놀림이 예사롭지 않았다.

수평으로 단검을 휘두르자 꽤나 많은 양의 HP를 앗아갔다.

"생각보다 대미지가 엄청 많이 들어오는데?!"

보석의 눈동자가 크게 흔들렸다.

반격을 시도하려 했으나, 이미 보석보다도 더 빠른 움직임을 자랑하는 예나였기에 웃으면서 회피했다.

그 이후 다시 공격.

회피 이후 또 공격.

예나의 성격이 제대로 반영된 매서운 공세였다.

속수무책으로 당하기만 한 결과.

"아… 졌네."

보석의 얼굴이 아쉬움으로 물들었다.

역시 강했다. 예나의 강함은 진작부터 알고 있었지만, 이렇게 PvP로 직접 체험해 보니 뭐라 말이 안 나올 정도였다.

한편, 이 모든 과정을 지켜보던 민허가 소감을 들려줬다.

"어렵네."

만약 예나의 상대가 보석이 아닌 민허였다면 그는 분명 돌파구를 찾았을 것이다.

그러나 보석의 입장에서 생각한다면, 예나는 분명 강한 적임에 틀림없었다.

보석도 그걸 잘 알고 있었다.

"역시 그렇지?"

여기까지인가. 문득 그런 생각이 들었다.

그래도 충분히 만족했다. 예선 결승까지 올라간 건 그로선 최선을 다한 결과물이었으니까.

이제 미련 없이 은퇴할 수 있을 것 같았다.

하나 민허의 다음 이어지는 말이 그에게 희망의 끈을 선사했다.

"어렵다고 했지, 안 된다는 말은 안 했어."

"방법이 있어?"

"저쪽이 취약한 타이밍이 있어."

민허는 그것을 보았다.

"버프를 거는 시간. 그 타이밍을 노려 공격하면 돼."

"근데 반대로 말하면 나도 버프 걸 수 있는 시간을 포기한다는 뜻이잖아."

"어차피 버프 싸움으로 가봤자 형이 예나를 이기지 못하잖아? 그럼 도박이라도 걸어봐야지."

모 아니면 도.

보석은 민허와 같은 팀으로 활동할 때, 이런 경우를 숱하게 겪었다.

내 버프 시간을 포기하고 상대방의 버프 타임을 노려 공격한다. 만약 그 안에 적을 아웃시키지 못하면 게임 끝.

뒤가 없는 작전이었다.

예나가 맞불 작전으로 나와도 상관은 없었다. 그렇게 되면 오히려 이쪽이 땡큐다.

왜냐하면 버프 없이 싸우게 되면 딜 쪽에 좀 더 많이 투자한 보석이 유리해지기 때문이었다.

예나는 상대도 버프 캐릭터라는 사실을 인지했기에 마음껏 버프 타임을 가질 것이다. 보석도 버프를 통해 힘을 발휘하는 캐릭터니까.

그 빈틈을 노려 공격한다.

통하느냐, 마느냐. 그것은 오로지 신만이 알 터.

＊　　　＊　　　＊

두 번째 세트의 시작.

경기에 들어간 예나가 여유롭게 버프 스킬을 돌리기 시작했다.

그러나 보석의 캐릭터가 난데없이 예나를 향해 돌진해 왔다.

'설마.'

예나의 눈이 가늘어졌다.

창을 꺼내든 보석을 보자마자 그의 작전이 무엇인지 감을 잡았다.

아차 하는 얼굴을 한 예나가 뒤늦은 후회를 했다.

'이럴 줄 알았으면 이속 버프부터 먼저 걸었어야 했는데!'

이속으로 거리를 벌리고, 그 차이를 이용해 버프를 걸고. 이 패턴을 반복하면 예나는 아무런 피해 없이 버프 스킬을 시전할 수 있었을 것이다.

그러나 보석이 자신의 버프를 포기하면서까지 억지로 공격 타이밍을 잡을 거란 예상은 미처 하지 못했다.

철저하게 안전 지향형 플레이를 해온 보석과 사뭇 다른 플레이 성향이었다.

'강민허구나!'

그의 작전임이 틀림없었다.

첫 번째 버프 선택을 잘못한 점. 그리고 민허의 작전을 예상하지 못한 점. 이것들이 모여 보석의 창을 보다 위력적으로 만들어줬다.

후우웅!

휘두를 때마다 적지 않은 대미지가 들어왔다.

본래 아무런 버프도 걸려 있지 않은 보석의 캐릭터는 약하기 그지없었다. 그러나 상대가 방어력, HP 수치가 낮은 힐러라는 점 때문에 상대적으로 대미지가 잘 들어갔다.

게다가 버프조차 제대로 걸지 못한 힐러는 보석의 밥이었다.

결국 예나가 키보드 위에 손을 올렸다.

[나이트메어]서예나: GG.

템포가 꼬여 버린 탓에 경기를 이끌어가는 게 불가능했다.

그녀의 GG 선언으로 인해 두 번째 세트를 따내는 데에 성공한 한보석.

헤드셋을 벗은 그가 어벙한 얼굴로 민허에게 물었다.

"민허야. 내가 이긴 거 맞지?"

"맞아, 형."

"세상에… 이게 꿈이냐?!"

"또 옆구리 꼬집어줄까?"

"아, 아니! 됐다, 됐어! 안 해줘도 돼!"

아픈 건 더 이상 사양하고 싶었다.

*   *   *

마지막 세 번째 세트.

이번에 이기는 자가 본선 진출의 영광을 누릴 수 있게 된다.

긴장감에 사로잡힌 보석이 거친 호흡을 몇 차례 내쉬었다.

"두 번째와 같은 작전으로 갈까?"

"아니."

민허가 딱 잘라 대답했다.

왜 그럴까. 이해가 잘 안 됐다.

그러나 그럴 만한 근거가 있었다.

"예나 정도 되는 선수라면 분명 대비책을 마련했을 거야. 형, 두 번째 세트에서 보여준 그 작전은 이제 안 먹힌다고 생각해. 그게 마음 편해."

"아니, 전혀 편하지 않은데."

그렇다면 마지막 세트는 어떻게 이기란 말인가!

답답할 노릇이었다.

"형, 지금부터 내가 지시하는 버프들만 순차적으로 걸어.

그 이후에 무조건 예나 쪽으로 달려. 알았지?"

"뭔데?"

목소리를 낮추고서 버프 순서를 들려주기 시작하는 민허.

한편, 두 남자의 모습을 반대편에서 지켜보던 예나가 손을 풀었다.

그러는 동안 서민석 코치가 난감함을 드러냈다.

"예나야, 이번에 지면 안 된다. 알지? 여기서 지면 탈락이야!"

"알고 있어요. 그러니까 그렇게 닦달 안 해도 돼요."

"저쪽이 또 이상한 수작 부리면 어쩌려고?"

"그래도 상관없어요. 제가 이길 테니까요."

예나는 자신이 있었다.

물론 민허가 세컨드로 붙어 있다는 것이 좀 불안하긴 하지만, 그래도 상관없었다.

사실 두 번째 세트에서 보여준 작전이 예나를 이길 수 있는 유일한 작전이었다.

그런데 그 작전을 이미 두 번째 세트에서 사용해 버렸다. 승기는 이미 예나에게 넘어왔다.

제아무리 보석이 발버둥을 쳐봤자 결과는 달라지지 않는다.

'보석 오빠한테는 미안하지만, 본선 진출 티켓은 내 거야.'

드디어 시작된 마지막 경기.

이곳에서 승리를 거둔 자가 로인 이스 온라인 개인 리그 본선 무대에 진출할 수 있다!

연속 본선 무대 진출을 목전에 둔 서예나.

그리고 프로게이머 일생 최초의 본선 무대 진출에 코앞까지 다가온 한보석.

누가 진출을 하든 드라마적인 요소는 이미 갖춰진 상태였다.

―System: 곧 대전이 시작됩니다.

―System: 3, 2, 1… Fight!

경기가 시작되자마자 보석의 손이 빠르게 움직였다.

민허가 알려준 순서대로 버프를 걸기 위함이었다.

첫 번째 버프는 이속 상승!

캐스팅 모션에 들어감을 확인한 예나도 바로 자신에게 버프를 걸었다.

혹여나 보석이 두 번째 세트와 같은 전략을 꺼내 들진 않을까 하는 생각 때문에 잠시 상황을 지켜본 것이었다.

스타트가 늦다 하더라도 예나는 큰 걱정을 하지 않았다.

그녀의 힐러 캐릭터는 캐스팅 속도를 빠르게 만들어주는 아이템들을 몇 개 가지고 있었다. 보석에 비해 버프 거는 시기가 늦어졌다고는 하나 금세 따라잡을 자신이 들었다.

실제로 두 번째 버프부터는 두 캐릭터가 거의 동일한 시기에 스타트를 했다.

'이속이 끝났으니, 다음은……'

물리 공격력 상승 버프 차례다.

두 가지 버프를 건 뒤, 보석이 빠르게 예나 쪽으로 이동했다.

예나는 이제 세 번째 버프를 걸려던 찰나였다.

'그렇게 나오시겠다 이거지!'

예나가 재미있다는 듯이 웃었다.

두 번째 세트에선 보석이 아무런 버프도 걸지 않고 예나를 향해 덤벼들었다. 두 사람 다 노 버프 상태였기에 보석이 유리하게 두 번째 세트를 가져갈 수 있었다.

그러나 세 번째 세트는 다르다.

이미 노 버프 전략이 들통났기에 마지막 세트에서 예나는 분명 이속 버프부터 먼저 걸려고 할 것이다.

이속 버프가 걸려 있지 않은 캐릭터와 걸려 있는 캐릭터의 차이는 심하다.

실제로 예나는 게임에 들어오자마자 이속 버프부터 걸었다.

그리고 그것을 상쇄시키는 게 바로 보석의 이속 버프다.

두 캐릭터가 다 이속 버프를 걸었다. 거기에 상대방의 방심을 유도하기 위해 일부러 버프 하나를 더 건다.

그렇게 두 개의 버프만을 건 보석이 망설임 없이 달려들었다.

'어림없어!'

이번에는 예나도 쉽게 당하지 않았다.

서로 이속 버프가 걸려 있다고는 하나, 이속 증가 수치는 보석에 비해 예나 쪽이 월등히 높았다.

차이는 벌어질 수밖에 없었다.

여기부터가 중요하다.

현재 이들이 경기를 펼치고 있는 맵은 얼음 동굴. 이 맵의 특징은 랜덤으로 떨어지는 얼음덩어리들에 있다.

이 얼음덩어리 낙하에 피격당할 시, 일시적으로 이동속도가 감속한다.

보석이 노리는 게 바로 그것이었다.

차이를 벌려 일정 거리가 됐다 싶으면 버프를 하나씩 걸기 시작하는 서예나. 그 안에 어떻게든 그녀를 아웃시켜야 한다.

그러기 위해서 선행되어야 하는 조건이 바로 얼음덩어리 피격!

'맞아라, 맞아라! 제발!!!'

모든 것은 운에 달렸다.

예나도 머리가 그렇게 나쁜 편은 아니었다.

지금까지 숱한 공식전 경기를 치러온 그녀다. 얼음덩어리의 존재를 모를 리 없었다.

얼음덩어리 피격 지역은 랜덤으로 떨어지지만, 사실 범위가 그렇게까지 넓지 않았다.

그래서 얼음 동굴에서 PvP를 벌이는 경우에 공식전에서 얼음덩어리 때문에 경기가 역전당한 경우는 손에 꼽을 정도였다.

잘 맞지도 않는 얼음덩어리에 승부수를 띄운다는 건 도박에 가까웠다.

그러나 보석은 자기 자신을 잘 안다.

이렇게 해야 어찌저찌 경기를 비벼볼 단계까지 된다.

자존심이고 뭐고 그런 건 다 필요 없다. 애초에 그는 민허가 아닌 한보석이니까.

'맞아라, 맞아라! 제발!'

얼음덩어리 지역을 자신이 설정할 수 있다면 얼마나 좋을까.

물론 현실 가능성이 없다는 건 잘 안다. 이런 생각을 할 만큼 절실하다는 뜻이기도 했다.

계속되는 추격전. 생각보다 경기가 장기화되면서 점점 흥미도 가미되기 시작했다.

그 때문일까. 일방적인 경기가 펼쳐질 거란 평이 많았기에 사람들로부터 등한시되었던 이번 결승전에 많은 시선들이 집중되었다.

"저 사람, A 리그 선수 아니야?"

"아마 그럴걸? 이름도 모르겠네."

"근데 그 서예나가 저렇게 고전하고 있다고?"

"심지어 예나가 도망 다니고 있잖아?!"

"우와, 대박이네."

모든 사람들이 입을 모아 보석을 칭찬했다.

서예나마저 떨어지는 거 아니냐는 말도 군데군데에서 들려왔다.

그러나 도백필은 전혀 그렇게 생각하지 않았다.

'유리해 보일 뿐이지. 시간은 서예나 선수의 편이야.'

도백필도 지금 상황이 어떻게 흘러가는지 정확히 보고 있었다.

도망 다니면서 하나하나씩 자신에게 버프를 거는 서예나. 그녀 기준으로 만족스러운 버프들이 전부 다 발동되었다 싶으면 바로 역공에 나설 것이다.

반면, 고작해야 이속과 물리 공격력 버프밖에 걸려 있지 않은 보석으로선 미래가 없어 보였다.

점점 안달이 나는 모양인지 다리를 떨기 시작하는 보석. 그가 불안해할 때마다 나오는 버릇이었다.

그때였다.

"……?!"

민허가 보석의 무릎 위에 왼손을 살포시 올렸다.

경기에 들어가면, 세컨드는 더 이상 선수에게 간섭할 수 없다. 그래서 민허는 보석에게 더 이상의 도움이 되는 말을 해주지 못한다.

이 상황을 타개할 방법을 민허는 알고 있었다.

그러나 그것을 직접 전달할 수는 없다.

보석이 말없이 민허를 응시했다. 민허와 눈빛을 교차하는 순간, 작게 고개를 끄덕였다.

여기서 지면 그는 끝이다.

프로게이머 은퇴까지 생각하고 있는 마당에 어렵게 기회가 찾아왔다.

'여기서 얌전히 물러설 순 없어!'

설령 상대가 서예나라 하더라도, 아니, 도백필이 온다 해도 그는 발악이라도 해볼 심산이었다.

혼자서 만든 기회가 아니다.

모두가 만든 기회다!

민허를 위해서라도, 보석을 믿어주는 모두를 위해서라도 어이없게 탈락하고 싶진 않다!!

'생각하자! 이렇게 시간만 끌면 나만 손해야! 분명… 분명 무슨 방법이 있을 거야!'

혼자서 모든 걸 판단하고 간구해야 한다.

얼음덩어리. 그것은 분명 보석에게 있어서 파훼법이 될 것이다.

그러나 피격 범위도 좁고 랜덤으로 떨어지기 때문에 예나에게 의도적으로 공격을 적중시킬 수는 없었다.

그렇다면.

'확률을 높이면 되잖아!'

얼음 동굴은 수많은 오브젝트들이 있다. 게다가 동굴이다 보니 길도 꽤 좁은 편이었다.

외길로 몰아 막다른 길이 나올 때까지 예나를 유도한다. 그녀의 움직임을 제한한다면, 얼음덩어리에 맞을 확률도 높을 터!

'해보자!'

보석의 손놀림이 빨라졌다.

그사이, 예나의 눈이 가늘어졌다.

'움직임이 달라졌어?'

방금 전까지만 하더라도 보석의 무빙은 생각이 없는, 한마디로 말해서 어떻게든 예나에게 대미지를 입혀야 한다는 강

박관념에 사로잡힌 움직임에 불과했다. 그러나 지금은 달랐다.

뭔가 꿍꿍이가 있어 보였다.

'그래도 어차피 시간은 내 편이야.'

예나는 한결 여유로웠다.

쌓인 버프 효과만 하더라도 벌써 다섯 개째다. 7개 정도 버프가 걸리면, 그녀는 바로 반격에 나설 예정이었다.

그전에 어떻게든 예나를 아웃시켜야 한다. 그게 보석의 미션이었다.

단검을 뽑아든 보석이 세로 방향으로 크게 휘둘렀다.

동작이 제법 큰 공격 모션이었다.

일부러였다. 목표는 예나를 외길로 유도하는 것이었으니까.

보석의 노력이 통한 걸까. 예나의 캐릭터가 동굴의 외길 입구로 진입했다.

계속해서 범위가 큰 공격을 남발하는 보석의 움직임에 수상함을 느꼈다.

'도대체 의도가 뭐야? 설마……!'

등 뒤의 화면을 보자, 그제야 보석의 꿍꿍이가 무엇인지 알아차릴 수 있었다.

'날 여기에 가두려는 거구나!'

움직임을 봉인한다. 그것이 보석의 큰 목적이었다.

얼음덩어리는 얼음 동굴 맵 전역에 랜덤으로 낙하한다. 비단 외길의 막다른 곳도 예외는 아니다.

낙하지점으로 예상되는 부분은 붉은 원으로 따로 표기된다. 플레이어는 그 표시를 보고 캐릭터를 이동시켜 피격을 회피한다. 이것이 일방적인 방식이었다.

그러나 과연 구석으로 적을 몰아붙인다면 어떨까?

'머리 좀 썼는데?'

예나는 진심으로 감탄했다.

그러는 사이에 얼음 동굴의 천장 부분이 크게 흔들렸다.

낙하하기 시작하는 수많은 얼음덩어리들. 이동속도 감속 효과도 있지만, 대미지도 준다.

물론 큰 대미지는 아니었다. 로인 이스 온라인은 오브젝트로 인해 받는 대미지가 그리 큰 편은 아니다. 함정의 경우는 예외지만 말이다.

얼음덩어리들이 떨어지자 피할 틈도 없이 그대로 피격을 허용했다.

예나의 움직임이 거의 멈추다시피 했을 때, 보석이 단검을 휘둘렀다.

'마지막 기회야!'

거의 턱밑까지 왔다!

있는 힘을 다해 단검을 휘둘렀다. 이 한 방을 맞추기 위해 얼마나 많은 노력을 해왔는가!

그러나 보석이 한 가지 잊은 사실이 있었다.

기다렸다는 듯이 예나가 버프 하나를 발동시켰다.

—System: 하이퍼 아머 스킬이 발동됩니다.

[하이퍼 아머]

[쿨타임: 25초]

[힐러 전용 버프 스킬. 하이퍼 아머를 발동할 경우, 강인 수치가 +3,000 상승한다.]

강인 효과는 상대방의 너프, 공격을 받을 때 자신의 스킬이 캔슬되지 않게끔 해준다.

즉, 보석이 아무리 때려봤자 예나의 캐스팅을 강제로 캔슬시킬 수 없다는 뜻이기도 했다.

"앗차!!"

하이퍼 아머를 미처 생각하지 못했다.

대미지를 꾸준히 가해보지만, 예나의 클래스가 무엇인가. 힐러 아니겠나.

이 정도 HP 손실은 충분히 힐로 메꿀 수 있었다.

대량의 지속 힐 스킬을 발동시킨 뒤에 3~4개의 버프를 더 걸었다.

방어력 상승.

물리 공격력 상승.

민첩 상승.

회피 상승.

기어코 마지막 버프까지 다 걸고 난 뒤에야 예나가 드디어 반격에 나섰다.

얼음덩어리의 감속 효과는 그사이에 끝났다. 예나를 막을 수 있는 방법은 아무것도 없었다.

결국 버프 싸움에서 진 보석은 아쉽게도 GG 선언을 해야 했다.

경기 끝.

승자는 나이트메어의 서예나 선수였다.

*   *   *

예선 1일 차가 모두 종료되었다.

ESA는 오늘 하루, 총 세 명의 본선 진출자를 배출했다.

강민허, 성진성, 그리고 최승헌.

두 명의 A 리그 선수와 한 명의 R 리그 선수.

1군 프로게이머들로선 자존심이 팍 상할 만한 그런 일이었다.

1군 선수들의 콧대를 꺾은 2군 멤버들. 그러나 아쉽게도 보석은 그 멤버에 이름을 올리지 못했다. 마지막에 서예나와의 대전에서 탈락의 고배를 마셔야 했기 때문이었다.

돌아가는 길. 전철 안에서 민허가 보석을 위로했다.

"너무 실망하지 마, 형."

"맞아! 돌아가면 술 한잔하자고!"

진성도 분위기를 맞춰주려는 모양인지 술자리를 제안했다.

두 동생들의 응원 덕분일까. 보석이 한껏 미소 지었다.

"고맙다. 특히 민허야. 네 덕분에 예선 결승까지 올라갈 수 있었던 거 같아."

"내가 뭘. 다 보석이 형이 잘한 덕분이지."

"결승에서 떨어지니까 뭔가 많이 아쉽더라. 그래서 말인데."

보석이 돌발 선언을 했다.

"은퇴는 당분간 미루려고."

"진짜로?"

"어, 진짜로. 다음에는 무조건 본선 진출 한다! 그러지 않으면 억울해서 밤에 잠도 못 잘 거 같더라."

한때는 은퇴를 생각했던 보석이었으나 그 결정을 잠시 보류하기로 결정했다.

그의 결정에 민허와 진성이 적극적인 환영 인사를 보였다.

"앞으로도 잘 부탁해, 형."

"나중에 또 같이 대회 나가서 우승 트로피 만져보자고."

세 명의 우정은 당분간 계속 이어질 예정이었다.

제16장
조 지명식

개인 리그 예선 2일 차.

어제 개인 리그 본선 진출을 확정 지은 덕분에 민허의 마음은 한결 편했다.

그런 그와 다르게 이틀 차 예선 현장에 참가하기로 예정되어 있는 ESA 멤버들의 얼굴은 한층 굳어 있었다.

경기 일정이 없는 최승헌은 주장으로서 소임을 다하기 위해 선수들과 같이 이동할 준비를 마쳤다.

책임감 있는 그다운 태도였다.

"코치님, 준비 다 끝났습니다."

최승헌의 말을 들은 오진석 코치의 보고를 듣자마자 허 감독이 곧장 이동을 지시했다.

"애들 데리고 바로 출발하자. 차는?"

"바깥에 대기시켜 뒀습니다."

어제와 다르게 오늘 참가하기로 예정되어 있는 인원은 4명밖에 되지 않는다. 소규모였기에 이동을 차량으로 하기로 결정했다.

운전대는 오 코치가 잡았다.

나선형 코치는 허 감독과 오 코치가 예선 현장에 머무르는 동안 숙소를 책임지기로 했다.

"조심히 다녀오세요."

"그래. 무슨 일 있으면 바로 전화하고."

"아마 없을 거 같지만요."

이들을 배웅해 준 나 코치가 다시 숙소로 돌아왔다.

다른 선수들에 비해 일찍 기상한 민허가 가볍게 몸을 풀었다.

"오, 우리 부지런쟁이. 오늘도 일찍 일어났구나."

A 리그 결승이 끝난 이후, 민허는 기상 시간을 8시로 앞당겼다.

목표가 있었기 때문이다.

"나갔다 올게요."

"오늘도 헬스장?"

"네."

민허의 새로운 목표. 그것은 바로 체력 관리다.

계속 책상에 앉아서 컴퓨터만 보는 직업이다 보니 자연스럽게 건강상의 트러블도 발생한다.

가장 큰 고충이 바로 체중 증가다.

살이 찌는 건 병을 유발하는 큰 요소 중 하나다. 체력도 기를 겸, 체중 관리도 할 겸해서 민허는 최근 아침마다 일어나서 헬스장을 다니기 시작했다.

그리고 또 하나. 민허를 아침마다 헬스장으로 이끄는 이유가 추가적으로 더 있었다.

헬스장에 모습을 드러내자, 민허를 발견한 젊은 여성이 가볍게 손을 흔들어 보였다.

"안녕하세요, 민허 씨. 오늘도 일찍 오셨네요."

게임업계에서 여신이라 불리는 미인, 이화영도 민허와 같은 헬스장 회원이다.

게다가 운동하는 시간도 겹쳤다. 이화영은 오전 9시부터 11시까지. 민허는 9시 반부터 11시까지.

민허가 30분가량 더 늦지만, 그래도 이건 어쩔 수 없었다. 낮에 프로게이머로서 연습 시간을 가지고 밤에는 개인 방송까지. 거의 투잡을 뛰는 상황이었기에 오전 8시에 일어나는 것도 정말 용한 셈이었다.

타이트하게 달라붙은 헬스복 위로 드러나는 화영의 몸매는 가히 예술이었다.

지나갈 때마다 남자들의 시선이 그녀에게 꽂히는 건 이제는 당연한 현상이 됐다.

"안녕하세요, 화영 씨는 오늘 방송 스케줄 없나요?"

"오후 2시쯤에 하나 있고, 그 이후부터는 프리예요. 왜요. 저하고 식사라도 하시게요?"

화영이 슬쩍 떠보기 식으로 물었다.

당돌한 그녀의 도발에 민허도 물러서지 않았다.

"저야 좋죠."

"오늘 예선 치르는 날 아닌가요?"

"이틀째이긴 한데, 저는 어제 끝났어요. 본선 진출 확정입니다."

"우와! 축하드려요!"

화영이 환하게 미소 지었다.

민허의 기쁜 소식은 그녀에게도 기쁜 소식이 된다.

"그럼 개인 리그에서 민허 씨 모습 볼 수 있는 거예요?"

"그럴 거 같군요."

"어머, 벌써부터 기대되네요."

담소를 나누며 자연스럽게 장소를 이동하는 두 남녀.

이들이 향한 곳은 런닝 머신 위였다.

평일 오전이라 그런지 사람들은 그리 많지 않았다.

가끔 민허와 화영을 알아보는 사람도 있었지만, 오늘은 그런 사람도 없었다.

속보를 하며 스마트폰을 매만진 화영이 아까 했던 대화를 재차 확인했다.

"정말 점심 먹으러 가요?"

"물론이죠. 얼마 전에 괜찮은 가게 하나 추천받았거든요. 그쪽으로 가보죠."

"네!"

화영의 눈에 기대감이 어렸다.

음식에 대한 맛의 기대치 때문이 아니었다.

민허와 둘이서 짧은 데이트를 즐길 수 있다. 그 점이 화영을 설레게 만들었다.

*　　　　*　　　　*

작은 백반집을 찾은 이들.

단출하지만 밑반찬도 그렇고, 메인으로 나온 시래깃국도 상당한 맛의 퀄리티를 자랑했다.

"민허 씨, 이런 가게는 어디서 찾아낸 거예요?"

"추천받아서 같이 왔었거든요."

"누구한테요? 혹시 여자 아니에요?"

오늘의 화영은 떠보기 콘셉트였다.

그녀의 의미심장한 물음에 당황할 민허가 아니었다.

"여자 맞습니다."

"…정말로요?"

"네."

화영의 얼굴이 살짝 굳어졌다.

그녀의 직업은 아나운서. 남들 앞에 서는 직업 아니겠는가. 포커페이스에는 나름 자신이 있다 생각했었으나 민허와 엮인 일에는 그녀답지 않게 감정을 주체하기 힘들었다.

게다가 낯선 여자랑 이곳에 왔다고 하니 화영의 가슴은 더욱 갑갑했다.

"여자 친구… 는 아니죠?"

질문이자 희망 사항이기도 했다.

그녀의 속내를 읽기라도 한 걸까. 민허가 피식 웃음을 토해 냈다.

"아니요. 여동생입니다."

"민허 씨한테 여동생분이 있었어요?"

"네. 복잡한 사정이 있지만요."

"아……."

순간 화영이 말끝을 흐렸다. 뭔가를 알고 있다는 듯한 눈치였다.

민허가 그것을 놓칠 리 없었다.

"제 집안 사정에 대해 얼추 아시는 거 같네요."

"죄송해요, 민허 씨. 사실 마 언니한테 들었어요."

"마 언니? 아, 저번에 부산에서 저희 취재했던 마 기자님이시군요."

"네. 언니한테 민허 씨 속사정에 대해 들은 적 있었거든요. …보육원 출신이라고 하셨어요."

기자는 정보로 먹고 사는 직업이다. 한창 인기 있는 민허에 대한 신상 조사는 분명 해봤을 터.

구태여 본인의 입으로 먼저 이야기하진 않지만, 그렇다고 딱히 자신의 출신 성분에 대해 부끄러워하거나 그런 건 전혀 없었다.

어차피 알게 될 사실인데 굳이 불편한 감정을 드러낼 필요까진 없었다.

"윤민아라고 해서, 저랑 한 살 터울인 여동생이 하나 있거든요. 보육원에 있을 때 어찌나 잔소리가 심했는지. 귀에 딱지가 들러붙을 정도였어요."

"한 살 연하면 제가 언니네요."

"화영 씨가 저랑 동갑이었죠?"

"네."

같은 25세. 두 사람은 동갑이다.

서로 나이가 같다는 건 사실 예전부터 알고 있었다. 그러나 말을 놓는 계기를 마련할 수 없었다.

지금이 기회가 아닐까.

잠시 식사를 중단한 민허가 먼저 포문을 열었다.

"서로 말 놓을까요?"

거침없는 민허의 제안. 화영은 꽤 마음에 들었다.

"좋아요, 아니, 좋아."

"이제야 말 놓게 되네."

"그러게. 나중에 여동생도 소개시켜 줘. 인사하게."

"어, 알았어."

다시 젓가락질을 시작한 화영이 배시시 웃었다. 마치 둘만의 비밀이 생긴 것 같아 기분이 좋았다.

*　　　　*　　　　*

일요일 저녁.

오후 9시가 되어서야 오늘 나섰던 ESA 멤버들이 다시 숙소로 복귀했다.

그러나 이들의 표정은 그리 밝지 않았다.

"선형아."

허 감독의 부름에 나 코치가 곧장 반응을 보였다.

"예, 감독님."

"잠깐 사무실로 좀 와라."

"네."

뭔가 낌새를 감지한 모양인지 나 코치가 오늘의 경기 결과를 묻지도 않고 곧장 걸음을 옮겼다.

이윽고 10분 뒤.

다시 거실로 돌아온 나 코치가 세 명의 선수들을 사무실로 데려왔다.

강민허, 성진성, 그리고 최승헌.

의자에 몸을 묻은 채 굳어진 표정으로 일관하던 허 감독이 이들을 부른 이유를 들려줬다.

"이번에 개인 리그 올라간 선수, 너희 셋이 다다."

"예?!"

입을 쩍 벌리며 놀라움을 표출하던 진성이 승헌에게 고개를 돌렸다.

침묵으로 일관하는 승헌의 행동은 암묵적인 동의를 뜻했다.

"진짜로 저희밖에 없어요?"

"어."

R 리그 선수는 최승헌 말고 전멸이었다.

물론 32명 중 3명의 선수가 이름을 올린 건 저조한 성적이 아니었다. 한 명도 본선 진출을 시키지 못한 팀도 간혹 보였으니까.

그러나 중요한 건 3명 중 2명이 A 리그 출신 선수라는 점이었다.

만약 어제, 민허와 진성이 힘을 내주지 않았더라면 32명의 선수 중 ESA 소속 선수는 최승헌, 단 한 명뿐이었을 것이다.

생각만 해도 암울했다.

프로 리그도 중요하지만 개인 리그 역시 팀에게 있어서 신경 써야 할 대회다. 스타플레이어를 만들 수 있는 절호의 찬스이기 때문이다.

도백필 같은 스타플레이어 한 명이 존재하는 것만으로도 팀에 커다란 사기 증진을 일으킨다. 뿐만 아니라 인지도 상승과 더불어 게임 팬들에게 팀의 존재를 각인시키는 이점이 존재한다.

스타플레이어를 만드는 가장 확실한 방법은 개인 리그 우승이다. 게임 방송사인 TGP도 개인 리그에서 우승한 선수를 한동안 계속 띄워주곤 한다.

잦은 방송 노출은 그 선수의 인지도를 높이는 데에 큰 도움을 준다. 도백필이 대표적인 예다.

그런데 이번 개인 리그 본선에 진출한 선수가 ESA에 고작 단 세 명뿐이라니.

"큰일이네요."

걱정이 많은 오 코치가 먼저 입을 열었다. 개인 리그는 둘째 치더라도 벌써부터 R 리그가 걱정됐다.

그것은 비단 오 코치만의 생각이 아니었다.

최승헌도 주장으로서 책임을 통감했다.

"이번에 애들 연습 많이 했었는데, 결과가 왜 이렇게 나왔는지 저도 모르겠습니다."

그는 시간이 될 때마다 주도적으로 선수들을 데리고 연습 분위기를 만들어냈다. 그런데 어째서 이런 결과가 나왔는지 본인도 알지 못했다.

하나 허 감독은 알고 있었다.

"도전을 두려워해서 그런 거지."

ESA에는 강민허 기피 현상이 있었다.

A 리그에서 대활약을 펼치는 강민허. 그는 R 리그 선수들에게 몇 번 스파링 상대를 부탁했던 적이 있었다.

그러나 그들은 하나같이 다 거절했다.

아니, 모두가 거절한 건 아니었다. 부산까지 따라 내려가 민허 팀의 결승 상대가 되어줬던 세 명도 있었지만, 이들은 아슬아슬하게 결승전에서 탈락 선언을 맛봤다.

그 세 명을 제외하곤 하나같이 다 기대에 못 미치는 성적을 냈다.

"선수들끼리의 적극적인 연습과 정보 공유. 이게 안 되어 있어서 그래."

허 감독의 일침은 끝날 줄 몰랐다.

"제아무리 2군 선수라 하더라도 분명 잘하는 부분은 있다. 1군이라고 해서 항상 완벽한 프로게이머는 아니야. 그렇다면 교류를 통해서 2군 선수의 장점을 배울 생각을 했어야 했는데, 본인들은 1군이라고 2군을 너무 하대했어. 이 점은 분명고쳐야 할 부분이야."

아무도 허 감독의 말에 태클을 걸지 못했다.

하나부터 열까지 옳은 말이었기 때문이다.

깊은 한숨을 내쉰 허 감독이 특단의 조치를 취했다.

"진성이하고 민허는 이제부터 1군으로 승격시킬 거다. 그리고 앞으로 R 리그든 A 리그든 고정 멤버 없이 매번 성적에 따라 출전 기회를 부여할 테니 애들한테 그렇게 전해줘라."

"예, 알겠습니다."

"주장이라고 예외는 없다. 알겠지? 승헌아."

"…네."

사실 최승헌도 간당간당하게 본선 무대 진출에 성공했다. 대진운도 좋았을뿐더러, 위기의 상황에서 상대방이 콤보 실수를 여러 차례 한 덕분에 32인 중 한 명이 될 수 있었다.

만약 그 실수들이 없었더라면 승헌도 진출하지 못했을 터.

최승헌의 경기 내용을 예선 1차부터 결승까지 쭉 지켜봤던 허 감독으로선 실망스럽기 그지없었다.

결과만 좋으면 만사 오케이. 이게 문제가 아니다.

과정이 엉망이었는데, 과연 본선에서 잘할 수 있을까.

벌써부터 걱정이 앞섰다.

모든 예선경기가 끝난 이후.

조 지명식 날짜가 곧바로 정해졌다.

"3주 뒤에 조 지명식 한다고 하니까 준비해 둬라."

오 코치의 전달 사항을 듣자마자 진성이 태클을 걸었다.

"3주 뒤나 되는데 준비할 게 있어요? 어차피 조도 안 정해 졌잖아요."

"네가 개인 리그 본선에 올라간 적이 없어서 잘 모르나 본 데. 준비할 게 왜 없냐. 내일 촬영 들어가야 하니까 그거부터 먼저 준비해."

"촬영요? 뜬금없이 무슨 촬영이에요?"

"오프닝 영상이다."

"아……!"

그제야 현실을 직시한 진성이 고개를 수차례 끄덕였다.

TGP의 오프닝 영상은 주로 선수들을 위주로 영상을 제작하기 때문에 매번 달라진다.

물론 그건 프로 리그도 마찬가지다.

그러나 A 리그는 선수들을 모아 따로 오프닝 촬영을 하거나 한 적은 없었다. 애초에 A 리그는 선수들을 메인으로 오프닝 영상을 만들지 않기 때문이었다.

그러나 R 리그와 개인 리그는 다르다.

특히나 스타플레이어를 만들 수 있는 개인 리그인 만큼 선수들의 얼굴을 게임 팬들에게 좀 더 부각시키게끔 어필을 시켜줘야 한다.

그래서 오프닝 영상 역시 선수들을 소재로 촬영된다.

"내일은 오프닝 촬영 있고, 그다음 주에는 본선 진출 선수들을 대상으로 인터뷰 한 번씩 싹 돌 거다. 생각보다 시간 많이 걸리는 작업이니까 각오 단단히 해라."

"하, 하하하… 명심할게요."

진성이 침을 꿀꺽 크게 삼켰다.

반면, 민허와 승헌은 대충 이런 일정들을 알고 있었다.

최승헌의 경우에는 두 번 정도 개인 리그 본선 무대에 진출한 경험이 있었기에 굳이 오 코치의 설명을 필요로 하지 않았다. 민허도 트라이얼 파이트 7 프로게이머로 활동한 경력이 있었기에 대략적으로나마 알고 있었다.

결국 성진성, 그만 몰랐다.

"오전 8시에 미용실 예약해 뒀으니 머리 손질하고 바로 촬영 장소로 간다. 민허야, 승헌아. 너희도 들었지?"

"예, 코치님."

"잘 알겠습니다."

오전 8시 기상이라는 말을 듣는 순간, 진성이 울상을 지었다.

아직 개막전 경기가 시작된 것도 아닌데 벌써부터 피곤함이 몰려왔다.

＊　　　　＊　　　　＊

A 리그 결승전을 앞뒀을 때, 진성은 민허와 보석과 같이 미용실에서 머리를 손질한 적이 있었다.

그러나 그때의 시간은 오후 2시. 지금은 오전 7시 반이다.

"아… 눈이 안 떠지네."

앓는 소리를 내는 진성을 향해 오 코치가 불호령을 내렸다.

"눈 똑바로 안 뜨고 걷냐! 확 두고 가버린다!"

"죄, 죄송합니다!"

오 코치에게 혼쭐을 듣고 나서야 빠른 몸놀림으로 차량에 올랐다.

반면, 민허와 승헌은 느긋하게 차량에 자리를 잡았다.

애초에 민허는 오전에 일찍 일어나 헬스장을 왔다 갔다 하는 게 습관처럼 굳어졌다. 그래서 프로게이머에겐 가혹할지도 모르는 7시 기상에도 멀쩡한 모습을 보였다.

오전 8시에 정확히 맞춰 도착한 미용실.

마침 가게 문을 연 남성이 여성스러운 몸짓을 선보이며 다가왔다.

"어머머! 코치님! 어쩜 이렇게 약속 시간 딱 맞춰서 오셨나요! 역시 우리 코치님이셔!"

"하, 하하. 가, 감사합니다, 원장님."

ESA뿐만 아니라 다른 프로게임단도 자주 애용하는 미용실의 원장, 김상남.

덩치도 크고 우락부락하게 생긴 남자지만, 생김새나 이름과 다르게 상당히 여성틱한 언행을 선보였다.

"이 귀염둥이들이 오늘 손님이에요?"

"예. 오늘 오프닝 촬영 있으니까 잘 좀 부탁드리겠습니다."

"어떤 거요? 프로 리그? 개인 리그?"

"개인 리그요."

"어머머머머! 그럼 더더욱 신경 써줘야죠!"

"잘 부탁드리겠습니다, 원장님."

오 코치는 최대한 김상남과 시선을 마주치지 않으려 노력했다.

딱히 민폐를 당한 적은 없지만 뭐랄까. 생리적인 거부감이 들었다. 그러나 보기와는 다르게 솜씨는 제법 있는 편이다.

40분이 지난 후.

"오, 괜찮은데요?"

민허가 거울 앞에 서서 자신의 머리카락을 매만졌다.

A 리그 결승전 때 했던 머리보다 훨씬 더 퀄리티 있었다.

민허의 솔직한 소감에 김상남이 어깨를 으쓱였다.

"우리 애기들, 우리 미용실에 처음 왔다는데 잘해줘야지."

언행이 좀 거부감이 들 뿐, 순수하게 실력적인 면만 보면 자주 찾아도 나쁘지 않은 곳이었다.

그렇게 아침부터 요란한 치장을 마치고 강남에 위치한 스튜디오로 향하는 일행들. 오전 10시 30분쯤 되었을 때, 속속들이 다른 팀원들도 도착하기 시작했다.

그중에서 유독 눈에 띄는 한 남자가 있었다.

"음? 저 사람. 어디서 많이 본 거 같은데."

민허가 눈을 흘겼다.

왠지 낯설지 않은 사람이 보였다.

어찌 잊으랴. 온통 빨강으로 치장한 남자. 파이어 마스터라 불리는 이진범이 오늘도 여전히 붉은색으로 염색된 머리카락을 빳빳이 세운 채 등장했다.

이진범도 민허가 자신을 보고 있다는 사실을 알아차렸는지 손을 흔들어 보였다.

"오, 쪼렙이잖아?"

"쪼렙이 아니라 강민허입니다, 강민허."

"뭐 어때. 그보다 잘 지냈어? 나 밟고 올라가더니 결승전까지 승승장구하더만."

"덕분에요. 근데 여긴 무슨 일로 오셨어요?"

탈락했으면서 왜 오프닝 촬영장에 왔냐. 이런 의미를 담은 물음이었다.

진범도 민허가 묻고 싶은 게 무엇인지 잘 아는 모양인지 뜸 들이지 않고 바로 자초지종을 들려줬다.

"응원단장이다."

"누가 봐도 촬영하러 온 사람 같은데요."

왁스로 한껏 멋을 낸 폼이 예사롭지 않았다.

그러나 진범은 오히려 이게 당연하다는 듯이 답했다.

"난 집에서도 이렇게 하고 다니거든."

"아, 예. 그러십니까."

"뭐냐. 그 영혼 없는 리액션은."

"알고 싶지 않으니까요."

"무신경한 녀석이구먼."

책망을 들어도 별다른 감흥이 들지 않았다.

애초에 민허가 신경 쓰는 인물은 단 한 명밖에 없었다.

"안녕하세요. 오랜만입니다."

로인 이스 온라인의 신이라 불리는 프로게이머. 도백필의 등장에 주변이 크게 술렁였다.

같이 본선에 진출한 선수들에게도 도백필은 범접하기 힘든 존재였다.

그런 도백필의 관심을 독점으로 받는 선수가 있었다.

"강민허 선수, 일찍 왔군요."

도백필이 먼저 그에게 다가갔다. 그러자 아까의 술렁임은 배가 되었다.

민허와 먼저 대화를 나누던 진범조차도 눈을 가늘게 뜨며 도백필을 응시했다.

그는 모든 선수들의 경계 대상 1호다. 도백필과 만난다는 건 다시 말해서 노골적인 탈락 선언을 받는 것과 같은 뜻이기도 했다.

그러나 민허는 당당하게 어깨를 폈다.

"요즘 저희, 자주 만나는 거 같네요."

"저야 리오 관련 일에는 거의 빠지지 않고 참여하니까요. 이벤트든, 대회든. 민허 씨의 활약상이 대단해지니 저와 만날 기회도 많아졌죠."

"부정하기 힘드네요."

도백필의 말대로였다.

애초에 그는 모든 대회에 상위권을 차지할 정도로 뛰어난 성적을 자랑했다.

오죽하면 결승 단골손님이라는 별칭이 붙었을까.

민허도 이제 A 리그에서 벗어나 개인, R 리그에 서서히 얼굴을 비추기 시작했다. 그러니 백필과 만나는 빈도가 늘 수밖에 없었다.

그렇게 선수들이 각자만의 방식으로 인사를 주고받을 때, 풍채가 좋은 뿔테 안경의 남자가 등장해 목소리를 높였다.

"자지! 여기 주목!"

민허는 처음 보는 남자였다.

그러나 몇몇 선수들은 그를 아는 모양인지 반갑게 인사를 건넸다.

"안녕하세요, 조 PD님!"

"오랜만이에요!"

"그러게. 다들 잘 지냈나 보네. 처음 보는 얼굴도 많이 보이고."

조현식 PD. 개인 리그를 총괄하는 자로서 오랜 경력 덕분에 선수들과 어느 정도 안면이 있는 사람이기도 하다.

"어디 보자. 이번에 올라온 선수들 외모가 하나같이 다 뛰어나더군. 기대 많이 하고 왔으니까 날 실망시키지 마."

"하하하, 네!"

"물론이죠."

선수들과 농담조로 가벼운 대화를 마친 조 PD가 곧장 연출 감독 등을 모았다.

그 후, 조 PD가 선수들을 모아놓고 오늘 있을 오프닝 촬영의 청사진을 공개했다.

"사실 며칠 전부터 그림이 하나 떠올랐는데 말이야. 이번 개인 리그는 특히 신구 대결이 강세더군. 처음 본선 무대에 올라온 신인 선수만 자그마치 15명. 나머지는 꾸준히 평균 이상의 성적을 거둬온 기성 게이머들. 그래서 말인데."

장황하게 서두를 읊은 조 PD. 그의 입에서 오늘의 콘셉트가 튀어나왔다.

"챔피언과 도전자. 이 콘셉트로 가려고 해. 각 진영당 선수 한 명씩 골라서 오프닝 초반, 그리고 클로징. 이렇게 두 파트에서 조명이 집중되게끔. 어때?"

메인으로 선택된 자는 그만큼 카메라 노출이 많이 된다.

탐나는 자리였다.

"그렇다면 기성 쪽은 도백필 선수겠네요."

이진범이 자신의 생각을 툭 내뱉었다. 진범의 모습을 확인하자마자 조 PD가 미간을 살짝 찡그렸다.

"야, 예선 탈락한 놈이 뭣 하러 왔냐."

"에이, PD님. 올 수도 있죠. 오늘은 응원단장 자격으로 온 거니까 아무쪼록 좀 봐주세요."

"하여튼 저 녀석이 하는 말을 듣고 있으면 정신이 이상해진 단 말이야."

그래도 대다수의 선수들은 진범의 말에 동의하는 듯한 뉘 앙스를 풍겼다.

조 PD도 마찬가지다.

도백필은 로인 이스 온라인의 상징으로 군림했다. 챔피언이 라는 직함에 누구보다도 잘 어울리는 남자일 터.

문제는 도전자 쪽이다.

성진성을 비롯해 이름하야 로열로더 후보들이 쟁쟁하게 즐 비해 있는 상황이다. 게다가 대다수 역시 카메라 욕심이 있었 다.

하나 조 PD가 한발 먼저 나서서 경쟁의 싹을 잘라냈다.

"강민허 선수. 한번 해볼래요?"

"저요?"

"잘할 거 같아서요. 입담도 좋고, 용모도 괜찮은 편이고. 그 러고 보니 오늘 미용실 갔다 왔네? 잘 어울리네요."

"감사합니다."

외모 칭찬은 늘 당사자를 쑥스럽게 만든다.

민허도 그런 축에 속했다.

"그래서 결정은 어떻게?"

오늘 하루, 전부 몰아서 오프닝 촬영을 해야 했기 때문에 시간이 없다. 이 때문에 민허에게 대답을 재촉했다.

민허가 여기서 물러설 남자겠는가.

"하겠습니다."

굴러 들어온 복을 멋대로 차버린다는 건 말이 안 된다.

후보 선수들의 얼굴에 아쉬움이 비춰졌지만, 오프닝 촬영 권한은 선수에게, 그리고 해당 구단 관계자에게 있는 게 아니다.

"좋아, 그럼 바로 준비 들어갑시다!"

복잡하게 얽힌 사심을 뒤로한 채 드디어 오프닝 촬영이 시작되었다.

*　　　　*　　　　*

ESA 유니폼을 입은 민허가 전신 거울 앞에 마주 섰다.

뒤에서 민허를 지켜본 오 코치가 감탄사를 뱉었다.

"이야! 모델이 따로 없네! 우리 민허, 잘생겼다! 멋지다!"

"왜 이러세요, 코치님. 창피하게 그러지 좀 마세요."

"잘생긴 걸 잘생겼다고 말하는 게 잘못된 짓이냐? 안 그래, 진성아?"

"…전 별로 인정하고 싶지 않네요."

진성은 아직도 민허에 대해 아니꼬운 태도를 드러냈다.

본인도 메인 자리를 노렸건만, 도전할 기회조차 받지 못한 채 민허에게 주인공 포지션을 내주게 되었으니. 이 얼마나 배 아픈 일이란 말인가.

"나중에는 진성이 형이 주인공 해."

"됐다, 임마. 기대도 안 해."

틱틱거리는 진성의 반응에 재미를 느끼려는 무렵이었다.

똑똑똑.

노크 소리와 함께 대기실의 문이 조심스럽게 열렸다.

"실례합니다. 여기 혹시 강민허 선수 있나요?"

"헉……!"

문을 열고 찾아온 미모의 여인, 이화영의 등장에 선수들이 다시금 술렁였다.

"어머, 안녕하세요."

"아, 안녕하세요!"

"화영 씨가 여긴 어쩐 일로……."

선수들의 얼굴에 당혹감이 어렸다.

공식전 경기에서 승리를 거둘 때마다 승자 인터뷰를 진행하는 그녀와 만날 수 있다. 그녀와의 만남이 그렇게까지 놀라운 일은 아니었다.

그러나 사석에서 화영을 보는 건 처음이다.

방송이 아니더라도 화영은 여전히 아름다웠다. 오히려 사복 차림이 더 좋게 다가왔다.

선수들뿐만 아니라 코치진들 역시 덩달아 벌떡 일어나 그녀에게 인사했다.

"처, 처음 뵙겠습니다! 오진석이라고 합니다! ESA에서 코치를 맡고 있습니다."

"나이트메어의 황수연 코치입니다!"

"후다스 JK의 문수훈입니다! 저희 아시죠? 후다스 JK! 얼마 전에 프로 리그에서 결승까지 진출했었는데……."

코치진들도 남자다. 이화영이라는 아리따운 미녀의 등장에 급격히 관심을 보이는 건 당연했다.

그러나 화영이 오늘, 이곳을 찾은 이유는 한 명 때문이었다.

코치진들과 가벼운 인사를 주고받은 화영이 오른손을 들어 살짝 흔들어 보였다.

"민허 씨, 나 왔어."

"여긴 무슨 일로 온 거야?"

"그냥 오프닝 촬영은 어떻게 진행되나 궁금해서 와봤지. 조 PD님이 견학 와도 된다고 하셔서."

"그래?"

스스럼없이 대화를 주고받는 두 남녀. 심지어 반말이다!

모두의 시선이 민허와 화영에게 집중되었다. 그때, 진성이 팔로 거칠게 민허의 목을 감쌌다.

이후 다른 사람들에게 들리지 않을 만큼 최대한 목소리를 낮춘 채 물었다.

"야, 너 언제 화영 씨랑 말 놓기 시작했냐?!"

"얼마 안 됐어."

"설마 둘이 사귀고 있다든지……."

"그런 거 아니라니까."

겨우 진성의 포박에서 빠져나온 민허는 연애 사실을 재차 부정했다.

그러나 본인은 그렇게 말했어도 받아들이는 주변 사람들의 시선은 달랐다.

'혹시 두 사람…….'

'그렇고 그런 사이인가?'

묘한 분위기가 연출되었다.

화영도 눈치가 전혀 없는 여자가 아니다. 이들이 민허와 자신을 수상하게 보고 있음을 이미 그녀도 알아차렸다.

그러나 화영은 민허와 다르게 해명하는 태도를 보이지 않았다.

오히려 이것이 그녀가 의도한 바였다.

적극적인 어필.

무엇을 어필하고 싶은 것인지 민허도 정확하게 알아차리진 못했다.

그래도 미녀와의 스캔들은 기분 나쁘지 않았다. 이것만큼은 확실했다.

*　　　　*　　　　*

드디어 시작된 촬영.

오전의 머리 손질에 이어 거의 풀 메이크업을 받다시피 한 민허가 스튜디오 한가운데에 마주 섰다.

사방이 온통 흰색 벽으로 도배되었다.

"신기하네."

멀뚱멀뚱 바라보는 그를 향해 촬영 감독이 목소리를 높였다.

"본인이 가장 자신 있는 포즈 하나 취해볼래요?"

"아무 거나요?"

"네."

어려운 질문이었다.

민허가 모델 일을 했더라면 본인이 생각한 포즈 샘플 같은 게 몇 가지 있었을 것이다. 그러나 불행하게도 민허에게 그런 이력도, 초안도 없었다.

'포즈라…….'

오른 주먹으로 어퍼컷을 날리는 자세를 취했다.

"이런 건 어때요?"

"최악이네요."

"그럼 이건요? 붕권이라고 하는 기술인데, 어떤 거냐 하면……."

"격투 게임 하자는 게 아니잖아요. 촬영이에요, 촬영. 좀 더 평범한 건 없어요?"

두 번 연속 퇴짜를 맞았다.

제아무리 자신감 넘치는 민허라도 이렇게 매몰차게 퇴짜를 받아버리면 주눅 들게 마련이다.

"가이드라인이라도 좀 알려주세요."

"본인이 멋있다고 생각하는 포즈요."

"그렇다면 역시 어퍼컷이……."

"아니, 됐어요. 그럼 허리 세우고 팔짱 한번 껴보세요. 시선은 위에서 아래로 내려다본다는 느낌으로 하고요."

아직도 어퍼컷 포즈에 미련이 남았으나 감독의 말을 무시할 수 없었다.

그래도 곧잘 따라 했다. 처음에는 좀 어색했으나, 몇 차례 수정에 수정을 거듭하니 금세 나아졌다.

"오케이! 좋았어요. 자, 다음!"

"수고하셨습니다."

차례를 마친 민허가 무대를 내려왔다.

그렇다고 모든 촬영이 끝난 건 아니다. 메인 자리를 꿰찬 만큼 민허가 소화해야 하는 분량은 아직 한참 남았다.

쉬는 시간에 스튜디오를 내려온 민허의 시선에 필사적으로 웃음을 참는 화영의 모습이 가장 먼저 들어왔다.

"뭐야. 왜 웃어."

"응? 아, 아니! 안 웃었… 푸흡!"

"웃었잖아."

결국 참지 못하고 웃음을 터뜨리는 화영이었다.

눈시울이 붉어질 정도로 폭소하던 화영은 시간이 얼마간 지난 후에야 겨우겨우 평정심을 되찾았다.

"민허 씨, 진짜 포즈 못 취하는구나 싶어서."

"처음이니까 그렇지."

"처음이라 해도 보통은 어퍼컷이나 이런 포즈는 잘 안 취한 다고. 그래도 기럭지가 좋아서 그런지 전체적인 비율은 잘 나오더라. 외모도 준수한 편이고. 카메라발 잘 받는 타입이야."

"병 주고 약 주기야?"

"난 약만 준 거 같은데."

"주는 입장에서야 약처럼 보이겠지, 받는 입장에선 독성분이 과다 포함된 약이었다고."

설마 화영에게 이런 식으로 놀림을 당할 줄은 몰랐다.

그래도 놀리기만 할 생각은 아닌 모양인지 민허에게 다가가 예시 포즈들을 설명해 줬다.

"민허 씨한테는 이런 포즈가 어울릴 거야. 아니면 요렇게."

몸소 직접 시범을 보여주기도 하고, 더러는 직접 민허의 팔을 잡아 움직여 포즈를 만들어주기도 했다.

화영의 단기 속성 포즈 강의 덕분일까. 대충 감이 잡히는 듯했다.

"이런 건 어디서 배운 거야. 요즘 아나운서들은 포즈 잡는 것도 배워야 해?"

"몰랐구나? 사실 나, 아나운서 되기 전에 피팅 모델 일도 잠깐 했어."

"그랬었군."

하긴. 화영 정도의 미모와 몸매를 가졌으면 모델로도 손색이 없다.

그녀의 도움 덕분에 몇 가지 예시 포즈들을 숙지한 채 다시 촬영에 임하는 민허. 아까보다 한결 나은 자연스러움에 촬영 감독도 만족스럽게 웃었다.

"오케이! 좋았어요! 계속 그대로 가주세요. 표정은 최대한 릴렉스하게~"

"네!"

촬영에 탄력이 붙으니 진행 속도도 점점 빨라졌다.

순식간에 개인 촬영을 마치고 돌아온 민허에게 화영이 엄지손가락을 척 세웠다.

"잘했어. 역시 민허 씨야. 조금만 알려줘도 금방 배우네."

"네 덕분이야. 고마워."

"민허 씨한테 도움받은 것도 많았으니까. 조금이라도 갚은 거 같아 다행이야. 나중에 또 기회 되면 알려줄게."

"그 말, 나중에 무르기 없기다."

"물론이지."

두 사람이 의기투합을 하는 사이에도 촬영은 계속해서 이어졌다.

화내는 모습이라든지, 당찬 모습이라든지. 손발이 오글오글해지는 포즈 주문도 서슴지 않았다.

그러는 사이에 드디어 하이라이트 촬영이 다가왔다.

"도백필 선수, 강민허 선수. 스튜디오로 가주세요."

감독의 말에 두 훈남이 스튜디오 한가운데로 올라왔다.

"잘 들으세요. 서로 대결 구도로 갈 겁니다. 아까 조 PD님이 콘셉트 말씀하신 거, 기억하죠?"

"네."

"기억납니다."

"도백필 선수는 챔피언같이, 그리고 강민허 선수는 도전자 입장에서 분위기를 연출하면 돼요."

감독이 요구하는 것은 눈빛과 표정 연기였다.

'요즘 프로게이머들은 해야 할 것도 많네.'

혼잣말을 곱씹으며 도백필과 마주 섰다.

인성 좋기로 소문난 도백필이었으나 승부욕에 불이 붙은 그는 거친 야생마와도 같았다.

지금도 그러했다.

비수를 품은 도백필의 눈빛이 민허를 향했다.

민허도 이에 질세라 똑바로 그와 시선을 마주했다.

"……."

"……."

적막이 이어졌다.

촬영을 구경하는 사람들도 숨이 턱 막혔다.

아직 경기는 시작도 안 했다. 그런데 고작 서로 마주보는 것만으로도 이렇게까지 긴장감 넘치는 아우라를 뿜낼 수 있을까.

그 와중에 카메라는 계속해서 돌아갔다.

때마침 현장을 재차 방문한 조 PD가 흥미진진함을 담아 말했다.

"강민허라고 했었나. 저 선수가 참으로 물건이란 말이야."

도백필과 같은 향수를 느꼈다.

아니, 어쩌면 그보다 한 단계 높은 프로게이머로 성장하게 될지도 모른다.

*   *   *

개인 리그 오프닝 촬영이 끝난 이후 개인 리그에 진출한 ESA 3인방은 숙소와 카페 등을 번갈아가며 인터뷰에 인터뷰를 거듭했다.

조 지명식 당일 날 오전에도 인터뷰 하나를 소화해야 했다.

"하도 같은 말을 반복해서 그런지 입이 다 아플 지경이네."

반복 인터뷰에 대한 고충을 털어놓는 진성과 다르게 민허와 승헌의 태도는 그저 담담했다.

냉장고에서 탄산음료 두 개를 꺼내 든 민허가 그중 하나를 진성에게 건네줬다.

"이거 마셔, 형."

"뭔데."

"톡톡쇼."

"지겹다, 지겨워. 그만 좀 마셨으면 좋겠다."

"아직 10박스나 남았어."

"이런 썅."

톡톡쇼는 이번 개인 리그 때 붙은 스폰서의 음료다. 덕분에 톡톡쇼가 ESA 냉장고를 지배했다.

"승헌 선배도 하나 하실래요?"

들고 있던 나머지 캔을 승헌에게 건네줬다. 그러나 승헌도 민허의 제안을 거절했다.

"아니, 됐다. 안 그래도 아까 하나 마셨거든."

"그럼 다음은 제 차례네요."

오늘도 톡톡쇼 캔 하나를 해치웠을 때, 오 코치가 세 사람을 찾았다.

"잡담 그만하고 나갈 준비나 해라."

"예!"

조 지명식이 있는 날이기 때문에 빨리 나갈 준비를 서둘러야 했다.

운전대를 잡은 오진석 코치의 옆에는 허 감독이 탑승했다.

조 지명식인 만큼 웬만하면 각 팀의 감독들도 직접 TGP 스타디움으로 모일 예정이다.

아직 조 지명식이 시작되기까지 3시간이나 남아 있음에도 불구하고 장내는 팬들로 가득 차 있었다.

저녁 7시가 되었을 때, TGP의 상징이라 할 수 있는 민영전 캐스터가 우렁찬 목소리를 뽑냈다.

"확실한 갈증 해소법! 톡톡쇼와 함께하는 TGP 리오 리그!

조 지명식을 시작하도록 하겠습니다!"

민영전의 멘트와 함께 막을 열게 된 로인 이스 온라인 개인 리그.

조 지명식에는 특별히 경기를 진행하지 않는다. 조를 편성하고, 그 과정에서 선수들과 간단한 인터뷰를 나눈다. 그것이 끝이다.

그럼에도 불구하고 많은 팬들이 자리를 채운 이유는 하나다.

다양한 선수들을 볼 수 있어서다.

32강 본선에 오른 모든 선수들을 볼 수 있는 유일무이한 기회가 바로 조 지명식이다. 그 희소성 때문에 경기 일정이 아님에도 불구하고 많은 게임 팬들이 자리를 지켰다.

개인 리그와 R 리그는 A 리그와 다르게 3인 중계 체제를 선보인다. 민영전 캐스터와 하태영 해설 위원의 뒤를 이어 자리를 차지하게 된 사람은 서이우. 프로게이머 출신인 여성 해설 위원이다.

세 사람의 가장 큰 관심사가 있었다. 중계진뿐만 아니라 게임 팬 대다수가 궁금해하는 점이다.

"도백필 선수."

"네."

민영전 캐스터가 가장 먼저 백필을 호명했다.

"저번 대회 때 우승해서 첫 번째 시드를 받았으니 이번 리그에서 개막전을 가지잖아요."

"그렇죠."

"상대를 먼저 고를 수 있는 권한을 가지고 있는데, 혹시 미리 개막전 상대로 점찍어놓은 선수가 있습니까?"

"네, 있습니다."

도백필이 정해둔 개막전 상대!

초미의 관심사다.

"그럼 거두절미하고 바로 살펴보도록 하죠! 도백필 선수, 일어나서 개막전에서 붙고 싶은 선수 이름이 적힌 주기표를 떼서 옮겨주세요!"

민영전 캐스터의 안내에 따라 32명의 이름이 적힌 주기표 앞에 마주 섰다. 머지않아 도백필의 걸음이 멈췄다.

"저는 이 선수를 선택하겠습니다."

그의 결정은 모든 이들에게, 특히 민허에게 충격을 안겨주기에 충분했다.

도백필이 선택한 개막전 상대는 실로 예상 외였다.

풍림 오아시스의 하창원 선수. 딱히 유명하지도, 그렇다고 도백필과 각별한 사연이 있는 사이도 아니었다.

접점이 없다시피 한 선수나 다름없었다.

백필의 선택이 끝나자마자 민영전 캐스터가 바로 질문했다.

"아니, 도백필 선수! 왜 하창원 선수를 개막전 상대로 고르셨나요?"

모두의 관심이 백필에게 집중되었다.

선택의 근거가 궁금했기 때문이다.

그러나 들려온 대답은 실망스럽기 그지없었다.

"그냥요."

"아무런 이유도 없습니까?"

"네. 하창원 선수 주기표가 가장 가까이 있길래 골랐습니다."

뭐랄까. 허무함마저 드는 대답이었다.

"제가 몇 마디 해도 될까요?"

서이우 해설 위원이 발언권을 구했다. 민영전이 자연스럽게 마이크를 내려놓자, 그녀가 곧장 두 번째 질문을 꺼냈다.

"강민허 선수를 고르지 않은 이유는 뭡니까?"

핵심 질문 중 하나였다.

도백필과 강민허. 두 사람은 챔피언과 도전자로서 이미 라이벌 구도가 완성되다시피 한 관계였다.

게임 팬들뿐만 아니라 관계자들 역시 이들의 대결을 기대했다.

모두의 기대감을 생각한다면, 강민허를 고르는 게 옳았다. 도백필이 실력이 후달리는 선수도 아니고, 어느 선수와 맞붙

든 간에 높은 승률을 자랑하는 프로게이머이기에 굳이 민허
와의 대결을 두려워할 필요도 없었다.

그럼에도 불구하고 어째서?

앞선 첫 번째 질문과 다르게 명확한 이유가 있었다.

"강민허 선수와는 결승전에서 맞붙고 싶습니다. 그래서 일
부러 첫 번째 상대로 고르지 않았습니다. 만약 개막전에서 저
와 대결한다면, 둘 중 한 명은 떨어질 테니까요."

"아하."

"생각해 보니 그러네요."

그래도 '그냥'이라는 대답보다는 한결 나았다.

하기야. 두 선수의 대결은 결승전에서 성사되는 게 사실 보
기 좋았다.

물론 다른 선수들의 실력을 저평가하는 말이 될지도 몰라
그 이후의 발언은 조심해야 했다.

"강민허 선수한테 잠깐 마이크 좀 건네주세요."

선수들이 일사불란하게 움직이며 민허에게 마이크를 토스
했다.

마이크를 건네받은 민허의 얼굴은 마치 '이제야 내 차례구
나'라는 듯한 속내를 담았다.

"우선 게임 팬분들에게 인사 한마디 부탁드릴게요."

"안녕하세요, ESA의 강민허입니다."

민허의 간단한 자기소개와 함께 여기저기서 환호성이 들려왔다.

본래 선수들이 자기소개를 할 때마다 이런 식으로 팬들이 호응을 해주는 게 당연했다. 그러나 민허를 응원하는 팬들의 목소리는 유독 크고 높았다.

이는 다른 선수들의 팬보다 민허를 응원하기 위해 온 팬의 숫자가 더 많다는 것을 뜻했다.

물론 도백필에 비해선 아직 두고 볼 일이었다. 그래도 도백필을 제외하고 다른 선수들 중에서 인기 순위 상위권에 속할 만큼 민허의 인지도는 괜찮은 편이었다.

A 리그에서 보여준 활약상과 개인 방송의 힘이었다.

"강민허 선수. 앞에서 도백필 선수가 결승전에서 만나고 싶어서 일부러 예선 상대로 피했다고 하는데. 어떻게 보십니까?"

"처음에는 뽑아주지 않아서 좀 섭섭하긴 했는데, 가만히 생각해 보니 도백필 선수의 말이 맞는 거 같네요. 저도 동의합니다."

"결승전까지 오를 자신 있습니까?"

"그 자신은 없고요. 대신, 우승할 자신은 있습니다."

민허의 강력한 도발. 이것이 조 지명식의 묘미다.

관객석 모두가 다 그의 도발에 환호성을 보내왔다. 조 PD 역시 남모르게 미소를 지었다.

'그렇지. 그렇게 세게 나와줘야 보는 맛이 나지!'

프로그램을 만드는 입장으로선 민허의 도발은 두 손을 높이 들고 환영할 만했다.

민허가 붙인 도발의 불은 다른 선수들을 자극하기에 충분했다.

벌써부터 팽팽하게 이어지는 선수들의 기 싸움 덕분에 커뮤니티에는 '역대급 꿀잼 조 지명식'이라는 별칭이 붙여졌다.

＊　　　＊　　　＊

조 지명식이 끝난 이후 공식적으로 정해진 경기 일정은 민허에겐 영 불만족이었다.

"4주 차까지 언제 기다려."

달력을 보며 한탄을 내뱉은 그에게 다가간 나선형 코치가 거칠게 민허의 머리를 매만졌다.

"얌마. 니가 짠 일정이잖아."

"전 1주 차 때 하고 싶었는데요."

예선을 치르고 올라온 터라 시드 배정자보다도 우선권이 떨어졌다. 그래서 민허의 의도에 맞지 않게 다른 경기 일정이 나오게 된 것이다.

민허의 생각은 이랬다.

결승 경기 가지기 전까지는 그냥 빠르게 일정 소화하고 쉬고 싶다.

그러나 현실은 민허의 소망을 들어주지 않았다.

"어차피 너, 개인 방송도 하잖아. 방송하면서 천천히 경기 준비해. 그리고 필요한 거 있으면 말하고. R 리그 시작하기 전까지는 개인 리그 올라간 선수들한테 집중적으로 투자할 테니까."

"듣던 중 반가운 소식이네요."

그 증거로 민허와 진성, 승헌에게 연습실 자리 우선 선택권이 주어졌다.

이로써 선수들이 원하는 자리를 먼저 차지할 수 있게 되었다.

그러나 민허는 본인의 자리를 그대로 선택했다. 자리가 좋다고 부족한 실력이 갑자기 늘어나거나 하진 않다는 걸 알기 때문이었다.

진성도, 그리고 승헌도 마찬가지였다.

다른 선수들은 탐을 낼 만한 권리를 가볍게 양도하는 이들의 모습에 쿨내가 진동했다.

'그 전까지 뭐 할까.'

갑자기 확 비어버린 경기 스케줄에 공허함마저 느껴졌다.

아직 R 리그도 시작하지 않았다. A 리그는 이제 더 이상 나가지 않으니 신경 안 써도 된다.

해외 대회를 찾아봤지만, 그것도 비수기였다.

기왕 이렇게 된 거, 평소 미루던 일을 하나씩 해결해 두는 게 좋다.

"코치님."

"왜. 방학 숙제거리라도 떠올랐냐?"

"저, 차 좀 사러 갈까 하는데 어때요?"

"…차아?"

우선 차를 산다. 이것이 오늘의 새로운 목표다.

* * *

바로 근처 자동차 매장으로 향한 민허.

나 코치로부터 소개받은 딜러가 근무하는 곳이기도 하다.

"안녕하세요."

문을 열고 등장하는 민허의 모습을 확인하자마자 앉아 있던 젊은 남성이 곧장 반응했다.

"강민허 선수죠?! 기다리고 있었습니다!"

"바로 알아보시네요. 코치님이 연락이라도 넣었나요?"

"제가 강민허 선수 팬이거든요! 연락 없어도 바로 알아볼 수 있습니다!"

보아하니 영업용 멘트가 아닌 진심에서 우러나오는 말이라는 게 확연히 느껴졌다.

"차는 어떤 걸로 생각하시나요?"

"대충 보고 온 게 있긴 한데… 프레스토 AMC 있어요?"

"그거, 좀 비싼데. 괜찮나요?"

수입 중형차로 7~8천만 원대를 왔다 갔다 하는 차종이다.

남자들의 로망이라 불리는 차량 중 하나지만, 쉽사리 타고 다니기 힘든 차였기에 찾는 사람도 별로 없었다.

그러나 민허는 작정을 하고 온 모양인지 속전속결이었다.

"시승 한번 해볼 수 있나요?"

"네. 이 차입니다. 면허는 있으시죠?"

"있어요. 예전에 운전도 조금 해봤어요."

성인이 되었을 때, 몸 가누기 힘든 원장을 대신해서 차량을 운전한 적이 있었다.

운전에도 소질이 있는 모양인지 별도의 연수를 받지 않았어도 혼자서 곧잘 끌고 다녔다.

운전석에 직접 앉아본 소감은 남달랐다.

"확실히 비싼 차라 그런지 다르네요."

보육원의 차량은 거의 폐차 직전이었다. 그때의 차와 지금의 이 차를 비교하니, 넘사벽이라는 단어가 왜 존재하는지 실감할 수 있었다.

"좋네요. 이거 바로 구입할게요. 옵션 상담 좀 해주세요."

"네? 그렇게 쉽게 정하셔도 됩니까? 좀 더 찬찬히 알아보심이……."

"괜찮아요. 그리고 결제는 일시불로 할 거니까 거기에 맞춰서 견적 짜주세요."

"이, 일시불이요?!"

그래도 할부로 구입하는 편이 덜 부담되고 좋지 않은가.

하나 민허의 생각은 달랐다.

"제가 원래 빚지고는 못 사는 남자거든요."

*   *   *

2주 뒤.

다시 매장을 찾은 민허가 눈을 반짝였다.

"오, 잘 나왔네요."

얼마 전에 산 프레스토 AMC가 모든 세팅을 마치고 민허의 시승을 기다렸다.

선팅에 내비게이션, 블랙박스, 언더 코팅 작업 등 모든 준비가 완료되었다. 이제 시동만 걸면 된다.

"고생하셨어요, 이 실장님."

"아닙니다! 기름도 넉넉하게 채워 드렸으니 숙소까지 가시기 전에 한번 드라이브라도 하고 들어가세요."

"흠, 그러는 게 좋겠네요."

마침 가고 싶은 곳도 있었다.

목적지를 바로 설정한 민허가 차량 탑승을 위해 문을 열었다.

그때, 이 실장이 다급하게 무언가를 들고 나왔다.

"민허 씨! 잠깐 부탁 좀 드려도 될까요?"

"뭔데요?"

차량에 관련된 계약서라면 이미 다 서명을 마쳤다. 더 이상 사인을 요구할 일도 없을 것이다.

그러나 이 실장이 들고 온 건 새하얀 종이었다.

"저번에 경황이 없어서 요청 못 드렸었는데, 가능하시다면 사인 좀……."

이 실장은 ESA의 열렬한 팬이다. ESA 팬이면서 동시에 민허의 팬이기도 한 이 실장이 지금의 기회를 놓칠 리 만무했다.

"물론이죠. 여기다 사인하면 되나요?"

"네! 그리고 셀카도 가능할까요?"

"하하, 알겠습니다. 차 사는 데 도움 많이 주셨으니 서비스해 드릴게요."

"감사합니다! 역시 ESA의 에이스다우시네요!"

사인과 함께 민허와 사진 찍기 권한을 거머쥐게 된 이 실장의 입꼬리는 귀에 걸려 내려올 줄 몰랐다.

사인과 사진. 두 가지 애장품을 손에 거머쥐게 된 이 실장이 남다른 소감을 표현했다.

"가보로 간직할게요!"

"가보까지야… 나중에 경기 보러 오시거든 말씀해 주세요."

"네! 꼭 보러 가겠습니다! 이번 개인 리그도 파이팅입니다!"

"열심히 할게요."

그렇게 새로운 애차(愛車)를 손에 넣게 된 민허. 운전대를 잡고 한산한 도로 위를 달리기 시작했다.

평일 오후라 그런지 교통 사정은 나름 괜찮은 편이었다.

그래도 퇴근 지옥은 피하고 싶었기에 가급적이면 드라이브도 6시 이전으로 끝내고 싶었다.

현재 시각, 오후 1시 반.

민허가 목표로 삼은 장소였던 보육원까지 금세 도착했다.

요란스러운 차 시동 소리에 놀란 모양인지 초인종을 누르지 않았음에도 불구하고 민아가 바깥 상황을 확인하기 위해 모습을 드러냈다.

"민아야, 한가하냐?"

"…오빠야?"

"그래, 나다."

선글라스를 살짝 추켜올리며 얼굴을 확인시켜 줬다.

뜬금없는 연출에 민아가 병 찐 얼굴을 했다.

"뭐야, 그 차는."

"새로 뽑았어."

"진짜?! 돈은 어디서 난 거야."

"우승 상금하고 승리 보너스, 그리고 월급으로."

"우리한테 준 돈도 꽤 되면서… 차 살 돈이 있었어?"

"요즘 프로게이머는 벌이가 꽤 짭짤하거든. 그보다 안 바쁘면 드라이브라도 가자."

혼자 드라이브하기에 심심해 예고도 없이 민아를 찾아왔지만, 민아는 별다른 말 없이 고개를 끄덕였다.

마침 시간도 적절했다. 애들도 유치원과 학교에 가 있는 시간이었고 집안일도 대충 끝나가는 상황이었기에 드라이브를 나서도 무리는 없었으니까.

"알았어. 마침 장도 보고 싶었으니까."

"얼른 준비하고 나와."

15분 정도의 기다림 끝에 민아가 다시 현관문을 나섰다.

수수한 그녀의 옷차림에 민허가 일침을 가했다.

"장 보는 게 문제가 아니네."

"그럼 뭐가 문젠데?"

"너 옷 사 입히는 거."

"오빠가 참견할 일 아니야!"

드라이브 시작 전부터 버럭 소리를 지르는 민아였다.

제17장
새 언니의 자격

차량을 끌고 도로를 질주하는 민허의 차량.

꽤 오랜만에 몰아보는 차 덕분에 약간의 어색함이 느껴졌다. 그러나 민허는 새 차량에도 금세 적응하는 모습을 보였다.

"어때. 죽이지?"

옆자리에 앉은 채 스마트폰에 집중하던 민아가 대충 고개를 끄덕였다.

"응. 대단하네."

"대답에 너무 영혼 없는 거 아니냐."

"왜. 진심인데."

말은 그렇게 해도 얼굴에는 '대답하는 것도 귀찮다'라는 감정이 노골적으로 드러나 있었다.

그렇게 서로 티격태격거리는 사이에 오늘의 목적지인 대형 마트에 도달했다.

널널한 지하 주차장에 차를 정차시킨 후에 곧바로 에스컬레이터에 몸을 실었다.

이들이 오늘 찾을 곳은 바로 식품 코너.

집에서 챙겨온 장바구니를 든 민아의 눈에 생기가 감돌았다.

"오늘 여기, 50% 세일한대! 오후 6시 전까지 한정 세일! 대박 아니야, 오빠?!"

"너, 가정주부가 다 되었구나."

지금까지 민아가 지내온 생활 패턴을 생각한다면, 오히려 이런 모습을 보이는 게 당연했다.

쪼르르 달려가 탐나는 식재료들을 금세 골라 오는 민아의 모습에 묘한 기분이 들었다.

한창 청춘을 즐길 또래 여성들과 다르게 민아는 보육원의 가정 업무를 책임지는 생활을 해왔다.

오빠로서 신경이 안 쓰이려야 안 쓰일 수가 없었다.

'내가 좀 더 노력해야겠어.'

그러기 위해서라도 이번 개인 리그에서 우승을 차지해야

한다.

로열로더. 그것이 이번 시즌에 민허가 노리는 목표였다.

"음? 이건⋯⋯."

민허의 발목을 붙잡는 음료 하나.

톡톡쇼였다.

"민아야, 이거 맛있어?"

"뭔데? 톡톡쇼?"

"어."

"아니, 전혀. 맛도 없고, 그냥 탄산수 느낌이야."

"그러냐."

그래도 본인이 참가하는 개인 리그의 스폰서 음료 아닌가. 여기선 톡톡쇼의 변론인이 되어야 할지 말지에 대해 심히 고민되었다.

동시에 이런 생각도 들었다.

'남는 건 보육원에 보내려고 했는데, 안 보내길 잘했군.'

톡톡쇼 폭탄을 넘겼다가 괜히 민아에게 잔소리 역공을 당할 뻔했다.

민허에겐 참으로 다행스러운 일이었다.

*   *   *

식품 코너에서 모든 볼일을 마친 이후.

민허가 위층으로 향하는 에스컬레이터를 가리켜 이렇게 말했다.

"옷 사 줄까?"

"또 옷 타령이야?"

"오빠가 사 준다고 할 때 사. 나중에 후회하지 말고."

"별로 탐나는 옷은 없는데⋯ 아니다. 그냥 여름옷이나 몇 벌 살래."

기왕 민허와 데이트를 나왔는데, 이대로 장만 보고 돌아가기에는 시간이 너무 많이 남았다.

아쉽기도 하고 말이다.

장바구니 들고 마트를 돌아다니기도 불편했기에 잠깐 지하 주차장에 들렀다.

뒷좌석에 장바구니를 실어놓고서 다시 의류 코너가 위치한 3층으로 향했다.

시간이 시간대라 그런지 의류 코너에는 사람들이 그리 많지 않았다.

진열되어 있는 수많은 의상들. 그 한가운데에 선 민아는 옷들을 무덤덤하게 바라봤다.

"왜 이렇게 다 화려해?"

"화려한가."

"응. 청바지에 티 하나면 되잖아. 안 그래?"

'화영이 들으면 아마 불같이 화를 내겠지.'

두 사람의 성향이 너무나도 달랐다.

아무래도 화영은 방송인이었기에 스스로를 꾸미는 데에 많은 투자를 할 수밖에 없었다. 덕분에 민허는 그녀를 만날 때마다 눈이 호강하는 기분이 들었다.

심지어 헬스장에 갔을 때에도 마찬가지였다.

화영만큼은 아니더라도 민아도 옷에 조금이라도 신경을 쓴다면 한층 더 괜찮아질 것이다. 민아도 어디 가서 꿀리지 않는 미모를 지녔으니까.

그러나 본인은 미용에 전혀 관심을 보이지 않았다.

'이럴 때에 화영이 있었다면 조언 같은 거 많이 해줬을 텐데.'

뜬금없이 화영에 대한 그리움이 샘솟았다.

그러던 찰나였다.

"혹시 민허 씨?"

"……?!"

상상이 너무 지나쳤던 걸까. 마치 화영의 목소리가 실제처럼 들려오는 듯했다.

아니, 착각이 아니었다.

"여기서 뭐 하고 있는 거야? 민허 씨. 그보다 같이 있는 여자는… 누구야?"

화영의 눈빛이 점점 날카로워지기 시작했다.

순간 안 좋은 분위기를 감지한 민허의 등에 식은땀 한 줄기가 주룩 흘러내렸다.

*　　　*　　　*

두 여자의 만남에 민허는 꼭 이런 표현을 사용하고 싶었다.

피하고 싶었던 상황.

그러나 세상일이라는 건 본래 자신이 예상하지 못한 일들도 다반사로 발생하는 법 아니겠는가.

지금도 마찬가지였다.

민허를 매섭게 노려보는 화영의 눈빛에는 살기마저 담겨 있었다.

반면, 민아는 화영이 익숙한 모양인지 먼저 알은체를 했다.

"이화영 아나운서 맞죠?"

"네? 뭐… 맞긴 한데요."

떨떠름한 반응이었다.

화영을 안다는 건, 다시 말해서 게임 쪽에 제법 일가견이 있다는 뜻이 되기도 했으니 말이다.

물론 화영이 게임 관련 프로그램에만 출연하는 건 아니었다. 케이블, 공중파 등에 출연하며 프리랜서 아나운서로서의 역할도 충실히 이행했다.

그러나 요즘은 게임업계 쪽에서 그녀를 워낙 탐내는 추세였기에 최근에는 게임 관련 방송 쪽에 집중하는 모습을 보였다.

민허의 경기는 매번 챙겨 보는 민아였기에 화영이 누군지 잘 알고 있었다. 승자 인터뷰는 늘 화영의 몫이었으니까.

그러나 화영은 민아에 관련된 속사정을 전혀 몰랐다.

"혹시 업계 관계자분이세요? 아니면 프로게이머?"

아직까지 민아의 정체를 모르는 화영이었기에 이런 질문을 할 수 있었다.

고개를 좌우로 가볍게 흔든 민아가 손가락으로 민허를 가리켰다.

"민허 오빠랑 아~ 주 가까운 사이인데요."

"네에?!"

화영의 얼굴에 점점 당혹감이 어리기 시작했다.

가까운 사이. 그 말은 곧……

"호, 혹시 연인?!"

"아니, 절대로 아니야! 그리고 윤민아. 누가 장난치라고 했냐."

결국 참다못한 민허가 직접 나섰다.

"이 녀석은 내 동생. 저번에 말했었지?"

"민아 씨?"

"어, 맞아."

"아… 그렇구나. 다행이야."

안도의 한숨을 내쉬는 화영이었다. 그러나 이번에는 역으로 민아가 불편한 기색을 드러냈다.

"뭐가 다행인데요?"

"네?! 아, 아니에요. 아무것도."

"……."

너무 노골적으로 물어보는 민아 탓에 화영은 시선을 어디로 둬야 좋을지 혼란스러웠다.

두 여자의 때 아닌 기 싸움에 결국 민허가 중재를 나섰다.

"다른 사람들 다 쳐다보잖아. 일단 카페라도 가서 이야기 좀 나누자. 여기 있다가 경비 아저씨들한테 끌려갈지도 몰라."

민아와 화영도 그건 싫은 모양인지 고개를 끄덕여 동의를 표했다.

*　　　*　　　*

서로 간의 오해는 풀렸다.

그것만으로도 민허에겐 충분히 만족스러웠다.

그러나 민아의 얼굴은 여전히 굳어 있었다.

"여기에는 무슨 일로 온 거예요? 설마 오빠랑 만날 약속한 건 아니죠?"

"그건 아니에요. 그냥 우연히 마주친 거예요. 그치? 민허 씨."

"어, 맞아."

구태여 거짓말을 할 필요까진 없었다.

있는 그대로의 사실을 말했음에도 불구하고 민아는 여전히 의심의 눈초리를 거두지 못했다.

"혹시 두 분, 서로 사귀는 건……."

파괴력이 강한 질문이었다.

그러나 민허는 이 질문을 팀원들에게 숱하게 받아왔었기에 어느 정도 내성이 있었다.

"그런 거 아니야. 동갑내기 친구라고."

"진짜?"

"어, 아마도."

"왜 가정법을 붙여!"

"사람 일이라는 게 어떻게 될지 모르니까."

민허는 인정할 건 인정하는 남자였다.

사실 이화영 같은 여자와 사귄다면, 거절할 수 있는 남자가 몇이나 될까.

외모나 몸매는 둘째 치더라도 능력까지 있다. 화영은 민허에게 분에 넘칠 만큼 좋은 여자임에 틀림없었다.

열린 가능성. 그것이 민허가 내놓은 답변이었다.

한편, 이 모든 말을 바로 곁에서 들은 화영의 얼굴은 더더욱 빨갛게 달아올랐다.

화영의 표정 변화를 실시간으로 확인한 민아가 뾰로통한 반응을 보였다.

"언니는 우리 오빠 좋은 점이 뭐라고 생각하세요?"

"좋은 점이요?"

"네. 보아하니 싫어하진 않는 거 같아 보여서요. 그리고 말 놓으셔도 돼요. 어차피 제가 연하인걸요."

"그렇다면야… 민허 씨는 자신감 넘치는 부분이 좋은 거 같아. 그게 매력이라고 할까."

"흐음."

민아도 그 부분에 대해선 깊은 공감을 표하고 싶었다.

어떤 상황이 닥쳐도 민허는 주눅 들지 않았다.

민허 덕분에 보육원 분위기도 한층 밝아졌다. 민아도 예전에는 이런 민허 덕분에 많은 용기를 받았던 적이 있었다.

지금도 마찬가지지만 말이다.

의미심장한 한숨을 내쉰 민아가 현재 시각을 확인했다.

"오빠. 이제 슬슬 가야 할 거 같은데."

"그러네. 시간이 벌써 이렇게 됐구나."

저녁 준비할 시간이 다가왔다.

한두 명이 먹을 분량도 아니고 보육원 아이들이 먹을 양까지 전부 요리해야 했기에 준비하는 데에도 시간이 좀 걸린다.

자리에서 일어서는 남매. 그때, 화영이 놀라운 제안을 해왔다.

"나도 도와줄까?"

"언니가요?"

민아의 시선에는 의심이 가득 차 있었다.

손에 물 한번 묻혀본 적 없는 것처럼 생긴 화영이 집안일을 할 수 있을까?

그러나 화영은 강한 자신감을 드러냈다.

"이래 봬도 집안일이 특기거든."

아무리 어필을 해봤자 민아는 허락해 주지 않을 것이다. 그게 민허의 예상이었다.

그러나 의외의 일이 벌어졌다.

"좋아요. 같이 가요, 언니."

"응?"

순간 민허가 고개를 갸우뚱했다.

"진심으로 하는 소리냐?"

"왜? 안 돼?"

"아니, 그런 건 아닌데."

별일이었다.

민아는 보육원에 누군가를 초대하는 걸 별로 좋아하지 않았다. 아직 낯을 가리는 어린애들도 많을뿐더러, 민아는 자신이 자란 환경을 쉽게 외부인에게 공개하고 싶지 않은 모습을 보여 왔다.

그래서 민아의 이런 결정은 더더욱 많은 의구심을 낳았다.

'무슨 변심이 들었기에 저런데.'

민아의 속내를 알 수 없었지만, 그래도 두 여자가 이미 타협을 본 순간 결과는 정해졌다.

설사 민허가 반대한다 하더라도 2 대 1이다. 다수의 결정에 따르는 건 소수 의견자가 감내해야 하는 일이기도 하다.

*　　　*　　　*

보육원에 도착했을 때, 화영이 민허의 운전 솜씨에 감탄했다.

"민허 씨, 운전 잘하네. 오늘 처음 차 끌고 나온 거 아니야?"

"맞긴 한데, 운전이 처음은 아니야. 예전에도 종종 했었거든."

"게임도 잘하고, 운전도 잘하고. 못하는 게 없네."

"너무 비행기 띄워주지 마. 민아가 질투하니까."

안 그래도 지금의 상황이 어떻게 돌아가고 있는지도 잘 모르겠다.

제아무리 민허가 프로게이머들 사이에선 유망주로 손꼽힌다 하더라도 여심까지 완벽하게 이해하고 다루진 못한다.

사람의 마음이라는 게 본래 가장 어려운 거기도 하니까.

먼저 안으로 들어갔던 민아가 문을 열고 화영을 맞이했다.

"미안해요, 언니. 장 보고 오느라 청소가 덜 끝났어요. 이해해 주세요."

"괜찮아. 멋대로 오겠다고 한 건 나였으니까. 그보다 여기가 민허 씨가 자란 보육원이구나. 신기하네."

주변을 둘러보는 화영의 눈에는 호기심이 가득 어려 있었다.

민허는 화영이 자신이 자란 보육원에 와 있다는 것이 딱히 부끄럽다거나 그런 생각은 들지 않았다.

대신, 궁금한 게 있을 뿐.

'민아, 저 녀석. 도대체 무슨 꿍꿍이야.'

속내를 드러내지 않은 민아 때문일까. 자꾸 그쪽으로 신경이 쓰였다.

보육원 아이들의 숫자는 다 합해서 열 명 남짓 된다.

이 많은 아이들의 식사를 윤민아, 혼자서 차리려니 사실상 거의 노가다 수준에 가까웠다.

그럼에도 불구하고 민아는 여태껏 단 한 번의 불만도 토로한 적이 없었다.

그녀는 알고 있었다.

본인보다 민허가 더 많은 고생을 하고 있다는 점을.

보육원 운영비는 95% 이상이 민허가 벌어 오는 금액이었다. 요즘 세상에 이 많은 돈을 벌 수 있는 방법이 과연 몇이나 될까.

민허는 아이들을 위해 게임에 사활을 걸었다.

그 압박감은 민아가 상상할 수 없을 만큼 무거웠다.

그래서 그런 걸까. 민아는 더더욱 화영이라는 여자를 시험해 보고 싶었다.

민허에게 어울릴 만한 여자인가에 대해서 말이다.

"화영 언니, 청소 좀 도와주세요."

"응, 잠깐만. 바로 갈게."

곧바로 겉옷을 벗은 채 옷걸이에 걸어놓았다. 그러자 그녀의 늘씬한 몸매 라인이 여과 없이 드러났다.

같은 여자가 봐도 시선을 빼앗길 정도로 매력적이었다.

'연예인은 역시 다르구나!'

엄밀히 말하자면 연예인이 아닌 아나운서였지만 말이다.

여하튼 그녀의 모습에 남몰래 침을 삼킨 민아가 거실 쪽을
가리켰다.

"저쪽 맡아주실래요?"

"알았어."

고개를 끄덕인 화영이 곧바로 전투태세에 들어갔다.

청소하기 위해 다가오는 화영의 모습에 나이 어린아이들이
경계심 가득한 눈으로 그녀를 응시했다.

이들의 모습을 확인한 화영이 환한 미소를 선보였다.

"안녕, 화영 언니야. 오늘 여기 일일 도우미 하기로 했어. 잘
부탁해."

"……"

"……"

"……"

아이들이 서로 눈치를 보기 시작했다.

우물쭈물하는 아이들의 모습을 보자마자 민허가 쓴소리를
들려줬다.

"손님은 반갑게 맞이해야지. 원장님한테 그렇게 배웠잖아."

"형 여자 친구야?"

"정말?!"

"우와!!!"

아이들의 눈동자가 반짝거리기 시작했다.

의도한 건 아니지만, 그래도 아이들의 관심을 화영 쪽으로 끄는 데에 성공했다.

"여자 친구만큼 친한 사이야. 그보다 청소해야 하니까 잠깐 자리 좀 비켜줄래? 민허 오빠가 같이 놀아줄 거야."

"뭐어?!"

민허의 한쪽 눈썹이 위로 상승했다.

노골적으로 놀아주기 싫다는 뜻을 드러냈지만, 아이들은 그러거나 말거나 민허에게 우르르 달려들었다.

"예쁜 누나가 민허 형이랑 놀라고 했어!"

"뭐 하면서 놀 거야??"

"게임하자, 게임!"

"내가 왜… 하아, 진짜."

결국 자포자기한 민허가 이들을 데리고 안방으로 향했다.

지금이 기회다! 화영은 아이들이 자리를 비웠을 때 최대한 빠르게 청소를 마무리한다.

청소기로 소파 밑 부분, 커튼 뒤까지 완벽하게 청소한다. 먼지라든지 머리카락들이 있는지 없는지 마지막까지 꼼꼼하게 체크한 화영이 바로 이어 준비해 둔 막대 걸레로 바닥을 닦아 냈다.

아이들이 없는 틈에 모든 과정을 빠르게 진행시켰다.

그 결과.

"이 정도면 되겠지?"

거실이 번쩍번쩍해졌다.

현관문을 청소하고 돌아온 민아가 놀란 눈을 했다.

"벌써 다 끝났어요?"

"응!"

거실은 비교적 꽤 넓은 축에 속한다. 그럼에도 불구하고 화영의 행동은 신속, 그리고 정확했다.

"창가 틀도 닦아뒀어. 먼지 많이 쌓였더라."

"그건……."

청소를 할 때 민아가 자주 까먹는 부분이기도 했다.

그런 세세한 곳까지 전부 다 청소한 화영의 행동력은 인정할 수밖에 없었다.

"근데 민혁 오빠는요?"

"내 청소를 위해 희생양이 되어줬어."

"그건 무슨 뜻이에요?"

"나중에 한번 물어봐."

"……?"

이화영. 그녀는 참으로 미스터리한 존재였다.

*　　　*　　　*

청소에 재능을 보인 것도 모자라 화영의 활약상은 아직도 현재진행형이다.

다다다다!

도마 위에서 울려 퍼지는 규칙적인 칼 소리.

화영에게 채썰기를 부탁했던 민아는 자신도 모르게 시선을 그곳으로 고정시켰다.

일정한 채썰기에 민아의 관심이 급격히 높아졌다.

뿐만 아니라 다른 재료 손질들도 능통해 보였다.

"언니, 혹시 어디서 요리 배운 적 있어요?"

"응. 예전에 요리 프로그램 진행한 적 있었거든. 그때 셰프 분들한테 시간 날 때마다 배웠어. 생각해 봐. 요리 프로그램 을 진행하는 MC가 요리를 못한다니 이상하잖아?"

"이상한 거 같진 않은데……."

굳이 그럴 열정까지 보일 필요는 있을까. 의문이 들었다.

하나 반대로 말하자면 그만큼 화영은 책임감이 강한 여성 이라는 뜻이 되기도 했다.

요리뿐만 아니라 화영은 본인이 맡은 프로그램에 매사 최선 을 다한다. 그 때문에 그녀와 같이 일했던 스태프들도, 그리고 출연진들도 화영의 열정만큼은 높게 사는 편이었다.

모든 일에 최선을 다한다.

게임에 사활을 건 민허와 닮았다.

오늘의 요리는 카레. 아이들도 좋아하는 보편적인 요리 메뉴가 뭐가 있을까 고민하다가 나온 결과물이었다.

오늘의 메인 주방장은 본래 민아였으나, 본의 아니게 화영의 비중이 더 커져갔다.

"민아야. 거기 당근 좀 씻어줄래?"

"네, 잠깐만요."

민아도 화영의 부탁을 딱히 거절하지 않았다.

그렇게 두 여자가 협업을 해 만든 카레는 아이들의 구미를 당기기에 충분했다.

"밥 먹자! 손 씻고 식탁으로 와."

"네에!"

민아의 지시에 따라 아이들이 우르르 화장실로 향했다.

한편, 그녀들의 요리가 끝나기 전까지 아이들의 상대가 되어줘야 했던 민허는 화영에게 원망 어린 시선을 보냈다.

"화영 씨 때문에 여태껏 쉬지도 못하고 있었잖아."

"미안해. 대신, 오늘 저녁 맛있게 차렸으니까 이거 먹고 힘내."

"흐음, 그렇다면야 뭐……."

화영이 만들어준 요리는 민허에게도 많은 관심을 받았다.

지금까지 화영을 알고 지낸 기간이 나름 되지만, 그녀가 손

수 만든 음식을 먹어본 기억은 없었다.

그래서일까. 기대감이 점점 커졌다.

실제로 외관상으로, 그리고 후각적인 면에서 봐도 충분히 합격점을 주고도 남을 만했다.

이제 맛을 평가할 차례.

크게 한 숟가락 뜬 민허가 그대로 카레 소스를 비빈 밥을 입안에 그대로 가져갔다.

"맛, 어때?"

평가를 재촉하는 화영의 목소리가 미세하게 떨렸다.

몇 번 우물거리던 민허가 고개를 크게 끄덕였다.

"맛있어."

"정말?! 다행이다! 얼마나 긴장했는데."

가슴을 쓸어내리는 화영이 안도의 한숨을 내쉬었다.

민허의 뒤를 따라 민아도 시식 소감을 들려줬다.

"인정하고 싶지 않지만, 화영 언니 음식 솜씨는 저보다 좋은 거 같네요."

"고마워. 근데 민아도 요리 잘하는 편이야. 딱히 우열을 가릴 만한 건 아니라고 생각해."

겸손함까지 더해진 화영의 태도는 '뭐 이리 완벽한 사람이 다 있나'라는 생각을 절로 들게 만들었다.

그래도 좋은 사람임에는 틀림없었다.

이미 아이들도 화영을 따르기 시작했다. 처음에는 그렇게나 많은 거부감을 드러냈던 보육원 아이들도 지금은 화영을 친언니처럼 대했다. 그녀의 친화력이 얼마나 높은지 충분히 알 수 있었다.

"근데 저쪽 문은……."

화영이 굳게 닫힌 작은 방의 문을 가리켰다.

잠시 식사를 멈춘 민허가 민아에게 물었다.

"원장님 소개 안 시켜 드렸어?"

"오빠가 할 줄 알았지."

"음… 생각해 보니 그러네."

외형상으론 민허가 원장에게 화영을 소개시켜 주는 편이 옳았다. 왜냐하면 그녀는 민허의 손님이니까.

"원장님 깨어 있으시지?"

"응. 아까 잠깐 일어나신 거 봤어."

"식사는?"

"아까 하셨으니까 괜찮아."

"오케이. 화영 씨, 잠깐 같이 가자."

고개를 끄덕인 화영이 곧장 민허의 뒤를 따랐다.

똑똑.

가벼운 노크와 함께 조심스럽게 문을 여는 민허.

"원장님. 소개시켜 드릴 사람이 있는데요."

"아까 슬쩍 봤다. 새아가냐?"

"새아가는 무슨. 이상한 소리 좀 하지 마세요."

원장의 농담에 민허가 곧장 반론을 가했다. 반면, 화영은 또다시 얼굴이 붉어졌다.

보육원 원장은 민허의 부모나 다를 바 없었다. 그걸 잘 알기에 화영은 묘한 기분을 느낄 수밖에 없었다.

뭐랄까. 마치 미래의 시어머니에게 인정을 받은 기분이었다.

"그래. 어디 보자… TV에서 많이 봤었는데."

"이화영이라고 해요."

"맞아, 그랬었지."

매번 민허의 경기를 챙겨 보는 원장이었기에 화영의 얼굴을 대략적으로나마 기억하고 있었다.

"보아하니 이 녀석이랑 꽤 친한 사이 같은데."

원장이 의미심장한 질문을 꺼냈다. 그러자 민허가 화영을 대신해 대답했다.

"이상한 질문 좀 하지 마시라니까요."

"농담이다, 농담. 무서워서 우스갯소리도 못 하겠구먼. 쯧쯧."

혀를 차던 원장이 화영에게 손을 뻗었다. 곧장 자세를 낮추고 원장의 손을 잡아줬다.

"미안해요, 아가씨. 장소가 워낙 누추해서……."

"아니에요. 이곳도 충분히 멋진걸요."

"이해해 주니 그저 고맙네요. 여기 있는 아이들은 다 불쌍한 애들이랍니다. 부모에게 버림받고, 상처받고. 말은 그렇게 했지만 민허도, 민아도 마찬가지예요."

"……"

"부모의 사랑을 받으며 자랐어야 할 아이들인데… 부족한 내 밑에서 남들이 누릴 만큼의 행복들을 누리지 못하면서 자라왔어요. 그러니 아무쪼록 우리 민허, 잘 좀 부탁드릴게요."

"걱정하지 마세요, 원장님."

화영의 눈시울이 살짝 붉어졌다.

불후하게 자라온 민허와 민아, 그리고 아이들. 원장은 이들을 매번 안타깝게 생각했다.

하나 민허는 이런 분위기를 별로 좋아하지 않았다.

"난 내가 불행하게 자랐다는 생각 안 해요. 그러니까 원장님도 그런 말 그만해요. 그리고 걱정하지 마세요. 원장님뿐만 아니라 민아도, 여기 있는 동생들도. 누구보다도 행복하게 만들어 드릴 테니까."

민허가 강한 자신감을 드러냈다.

어떠한 상황에서도 좌절하지 않는 민허야말로 보육원의 희망이자 원장이 마음으로 기른 자랑스러운 아들이었다.

＊　　　＊　　　＊

생각보다 보육원에 오랫동안 머물러 있었다.

그렇다고 숙소 측에서 민허에게 지금 당장 돌아오라는 식으로 혼을 내거나 그러진 않았다. 애초에 민허는 오늘 무엇을 하고 어디를 가겠다는 보고까지 다 완벽하게 했으니까.

그러나 화영은 달랐다.

"매니저 오빠한테 혼나겠네."

"매니저도 있어?"

"응. 소속사에서 붙여줬어."

"난 프리랜서인 줄 알았는데."

"얼마 전까지는 프리랜서였는데, 최근에는 스케줄 관리해줄 소속사가 필요할 거 같아서 일부러 계약 맺었어. 아는 사람이 운영하는 데라서 사기 맞을 걱정도 없고 좋더라."

"그렇다면야 다행이네."

진심에서 우러나오는 말이었다.

다른 사람들에 비해 화영이 유독 신경 쓰이는 건 민허도 어쩔 수 없었다.

그도 화영에게 이성적인 감정을 품고 있었으니까.

"바래다줄게. 차 끌고 올 테니까 잠깐만 기다려."

"고마워, 민허 씨."

바깥에서 잠시 민허를 기다리는 동안, 민아가 그녀에게 다가왔다.

"이제 가시는 거예요?"

"응. 오늘 재미있었어."

"아니에요. 고생만 시킨 거 같아서 죄송한걸요."

이후 잠시간 침묵이 이어졌다.

화영은 민허가 혼잣말을 중얼거리는 걸 몰래 들은 적 있었다.

민아가 왜 화영을 초대하는지 모르겠다고.

"민아는 무엇 때문에 나한테 보육원을 소개시켜 준 거야? 민허 씨가 한 말 들어보니, 보통은 남들에게 잘 안 보여준다며."

"시험해 보고 싶었거든요."

"시험?"

"언니가 우리 오빠한테 좋은 사람인지, 나쁜 사람인지요. 돈 때문에 민허 오빠에게 접근한 여우 같은 여자라면 제가 혼내주려고 했어요."

"아하……."

화를 내는 시늉을 하는 민아. 그 모습이 왠지 모르게 귀엽게 다가왔다.

"그래도 다행이에요. 언니는 저보다 더 좋은 사람 같아서요."

"아니야. 나도 아직 많이 부족한걸."

"원장님이 그랬어요. 본래 사람은 나사가 하나 빠진 존재라고. 그 부족한 걸 '인연과 만남'이라는 걸로 채워간다고 하시더라고요."

민아의 올곧은 시선이 화영에게 향했다.

"우리 오빠, 앞으로도 잘 부탁드릴게요."

"고마워."

두 여성이 서로에게 미소 지었다.

그동안, 차를 타고 등장한 민허가 그녀들에게 물었다.

"무슨 이야기를 그렇게 재미있게 해?"

"여자들만의 비밀이야, 오빠."

"……?"

민허는 알지 못했다.

화영이 오늘, 민아에게 새언니로 인정받았다는 사실을.

제18장
혼자만의 싸움

민허의 경기까지 남은 기간은 3일.

이 기간이 지나면 그는 처음으로 로인 이스 온라인 개인 리그 공식 데뷔전을 가지게 된다.

물론 공식 경기 자체는 이미 A 리그에서 여러 차례 치른 바 있었다. 그러나 개인 리그는 이번이 처음이다.

3명이서 함께 싸웠던 전장을 이제는 혼자서 나서야 한다.

처음 개인 리그에 나서는 프로게이머들은 모든 위기 상황을 오로지 혼자만의 역량으로 극복해야 한다는 점 때문에 많은 부담감을 느낀다.

그러나 민허는 달랐다.

오히려 개인 리그가 더 편할 것이라 예상했다.

애초에 트라이얼 파이트 7도 개인 위주로 진행되었었으니 말이다.

3주 동안은 휴식 겸 방송을, 그리고 남은 1주는 맹연습 기간으로 설정했다.

PvP 연습이 끝난 후, 곧장 던전 파티를 꾸리기 시작했다.

민허가 오늘 갈 곳은 4인 레이드 던전. 얻고 싶은 템이 있었다.

그러나 멤버를 꾸리는데 미처 생각하지 못했던 난항을 겪었다.

"생각해 보니 힐러가 없네."

과거에는 서예나라는 든든한 힐러와 함께했지만, 개인 리그를 앞두고 있었기에 타 게임단과 같이 파티를 맺고 플레이하는 건 최대한 자제해야 했다. 괜히 자신도 모르는 사이에 팀내 정보를 흘릴 수도 있었기 때문이었다.

게다가 예나는 민허와 같은 개인 리그 본선 진출자다. 경쟁자로 만나게 될 텐데 같이 파티를 맺고 사냥을 떠나는 건 외부에서 안 좋게 볼 수 있었다.

"힐러라… 누구로 하지."

4인 멤버 중에 한보석도 들어가 있었지만, 어중간한 버퍼 캐릭터인 보석만으로 힐러 포지션을 제대로 소화하긴 힘들어 보였다.

전문 힐러가 필요하다.

"형. 우리 팀에 힐러 없어?"

짬을 내 커피 타임을 가지던 보석이 곧장 대답했다.

"있잖아."

"누구?"

"저기."

보석이 가리킨 쪽을 따라 고개를 돌렸다.

그곳에 얌전히 앉아 있는 한 남자. 뱃살이 툭 튀어나온 외형이 상당히 인상적이었다.

민허도 그가 누군지 잘 안다.

서혼. ESA에서 3년 동안 프로게이머로 활약 중인 남자다.

프로의 세계에서도 찾아보기 힘든 전문 힐러로서, ESA에서는 거의 유일무이하다시피 했다.

그러나 한 가지 단점이 있었다.

"혼아."

보석이 그를 불렀다.

활약하는 무대는 달랐지만, 동기에다가 보석이 그보다 더 나이가 많았기에 말을 놓았다.

한차례 크게 움찔한 서혼이 뿔테 안경을 고쳐 썼다.

"지금 '저'를 부르신 겁니까?"

"어. 너야, 너. 혹시 바빠?"

"바쁩니다."

"뭐 하는데?"

"제가 좋다고 달려드는 레이싱 모델 출신 여자 때문에요. 하아. 저도 참. 나쁜 남자는 되고 싶지 않았는데, 여자들이 저를 가만 놔두지 않네요."

말을 할 때마다 보이는 뱃살의 출렁임이 그가 들려주는 말의 신뢰도를 낮췄다.

물론 외모에 대한 편견일지도 모른다.

그러나 서혼의 말은 실제로도 거짓이었다.

"또 허언증 발동했냐."

"허언증 아닙니다. 이번에는 진짜로……."

"전화번호 공개해 봐."

"……."

그는 허언증으로 유명한 프로게이머였다. 안 좋은 습관이긴 했으나, 거짓말을 하는 게 빤히 보이기 때문에 애당초 그의 거짓말을 믿는 이는 거의 없다시피 했다.

서혼이 거짓말을 할 때 드러나는 특징이 하나 있다.

안경을 고쳐 쓴다. 그게 다였다.

"상상 속의 레이싱 모델 누님이랑 그만 놀고. 같이 레이드나

뛰러 가자."

"어디 갈 건데요?"

"고양이 신전."

"흐음, 나쁘지 않군요."

두꺼운 팔로 팔짱을 낀 서혼이 고개를 끄덕였다. 팔짱이 껴지는 것도 신기하게 보일 정도였다.

"멤버는요?"

"너하고 나, 소연이, 그리고 우리의 슈퍼 신인."

"민허요?"

"어."

순간 눈을 반짝인 서혼이 대뜸 일어나 민허 쪽으로 성큼성큼 다가왔다.

체중이 120kg에 가까운 거구가 다가오니 지면이 울릴 정도였다.

민허의 앞에 서더니 안경을 고쳐 쓰며 이렇게 말했다.

"훗. 나랑 파티를 맺는 걸 영광으로 생각하라고, 신인 군! 이래 봬도 난 매우 까다로운 사람이니까!"

"…노력해 볼게."

이렇게 해서 허언증 힐러가 파티에 새롭게 합류했다.

*　　　*　　　*

고양이 신전은 이름 그대로 고양이 계열의 몬스터들이 즐비하는 레이드 던전이다.

여타 다른 던전에 등장하는 몬스터들에 비해서 고양이 신전의 몬스터들은 비교적 몸집이 매우 작은 편이다. 움직임도 빠르다. 이 때문에 논 타겟팅을 주로 삼는 유저들은 기피하고 싶은 던전이기도 하다.

그럼에도 불구하고 고양이 신전이 인기 있는 이유는 드롭되는 아이템 덕분이었다.

로인 이스 온라인 내에서 가장 높은 아이템 등급은 레전더리다. 그만큼 레전더리 드롭율은 그리 높지 않다.

하나 고양이 신전은 레전더리 등급의 아이템이 비교적 잘 나오는 편이다. 이 때문에 유저들은 고양이 신전을 자주 들락날락한다.

물론 레전더리가 자주 드롭된다 하더라도 어디까지나 상대적인 의미일 뿐. 확률상으로는 여전히 극악이었다.

포탈을 타고 고양이 신전 앞에 마주선 4명의 모험가들.

딜탱에 강민허, 버퍼에 한보석, 원딜에 이소연, 마지막으로 힐러에 서혼이 각 포지션을 책임지기로 했다.

이소연은 ESA의 여성 프로게이머다. 이번에 보석과 마찬가지로 예선 결승전에서 안타깝게 탈락의 고배를 마신 선수이기도 했다.

그래도 아직 프로 리그가 남아 있기에 좌절보다는 연습에 치중했다.

열심히 하는 모습에 허 감독도 그녀를 높게 평가했다.

실력을 기르는 것도 좋지만, 아이템 파밍도 잊어서는 안 된다. 때마침 민허 일행이 파티를 구한다는 말을 들었을 때, 그녀가 나서서 자원을 했다.

"그럼 가볼까."

민허가 먼저 앞장서 걸어갔다. 부캐 대신 본캐인 라울을 꺼내 들었다. 이유는 레전더리 아이템 때문이었다.

레전더리는 교환 불가 아이템이다. 얻자마자 해당 캐릭터에 바로 귀속되기 때문에 아이템이 필요한 캐릭터로 던전을 도는 게 좋았다.

대회용 캐릭터인 라울을 컨트롤하며 앞으로 조금씩 나아갔다.

고양이 신전의 문을 열자, 다수의 몬스터들이 이들에게 달려들었다.

"환영 인사가 엄청 거치네!"

장난스러운 말을 내뱉으며 앞으로 달려드는 민허. 선두에 있는 고양이 몬스터 한 마리에게 먼저 강한 일격을 날렸다.

일부러 타겟팅 스킬을 사용했다. 다수를 상대로 할 때에는 논 타겟팅 범위 공격이 더 효과적이지만, 회피력이 높았기에 범위 공격을 사용하는 즉시 바로 피해 버린다.

맞추지도 못할 범위 공격보다 한 마리, 한 마리씩 차례차례 확실히 쓰러뜨릴 수 있는 단일 타겟팅이 더 효과적이라 판단했다.

이소연도 민허와 같은 생각을 했다.

두 딜러의 공격이 시전될 때마다 몬스터 시체들이 늘어났다.

그러나 이건 아직 시작 단계에 불과하다.

고양이 신전의 진정한 무서움은 바로 던전의 보스라 할 수 있다.

우르르르르!

무너지는 천장 사이로 모습을 드러낸 얼룩 형태의 고양이 몬스터.

[고양이 왕, 케티]
[Lv: 80]
[HP: 31,000]
[야수 타입. 소형 몬스터. 무속성]
[고양이들의 왕. 길 잃은 고양이들의 서식지가 된 신전에서 우두머리가 된 고양이. 자신을 길러줄 집사를 찾다가 신전까지 흘러

들어오게 되었다. 고양이들을 다스리며 백마 탄 집사를 기다리는 중. 인간의 말을 할 수 있다.]

―어리석은 집사들! 우리의 무서움을 보여주겠다옹!!

"집사?"

케티의 대사를 처음 접한 모양인지 이소연이 고개를 갸우뚱했다. 집사라는 의미를 제대로 이해하지 못한 듯했다.

그녀의 궁금증을 해결해 준 이는 파티 멤버 중 나이로 최연장자인 한보석이었다.

"고양이를 기르는 사람을 지칭하는 말이야."

"왜 집사예요?"

"그건 나중에 개별적으로 찾아봐. 나도 고양이 키워본 적 없어서 잘 모르니까!"

지금 중요한 건 케티를 쓰러뜨리는 일이다.

케티의 공격 패턴은 단순하다. 두 앞발을 이용한 할퀴기 공격. 마법을 쓰거나 하는 그런 건 없었다.

대신, 그 할퀴기 공격 한 번의 위력이 강하다. 독 대미지도 어마어마한 데다가 방어 무시 효과가 있었기에 탱커 킬러라 불렸다.

반대로 말하자면, 반격기로 탱 포지션을 소화하는 민허에겐 좋은 먹잇감이라는 뜻이기도 하다.

─죽어라옹!!

케티가 오른쪽 앞발을 강하게 휘둘렀다. 탱커들의 악몽이라 불리는 할퀴기 공격이었다.

범위 공격이었기에 파티 멤버 전체가 긴장해야 했다.

그러나 민허가 멤버로 껴 있다면 이야기는 달라진다.

"이걸 기다렸다, 고양아!"

곧바로 반격기를 사용해 공격을 튕겨냈다!

방어 무시 대미지가 옵션으로 달려 있었기에 케티가 받은 피해도 적지 않았다.

그렇게 두세 차례 반격기를 이용한 틈새 공략으로 케티의 HP를 거의 다 깎아 내리는 데에 성공한 민허.

원딜인 소연이 쐐기 공격을 가했다.

쿠웅!

힘없이 쓰러진 케티의 눈망울 사이로 눈물이 뚝뚝 흘러내렸다.

─난 그저 집사를 가지고 싶었을 뿐인데… 너무하다냥…….

점차 사라지는 케티의 모습에 소연이 안타까움을 드러냈다.

"왠지 죄를 지은 기분이네요."

"그래서 고양이 키우는 사람들은 여기 못 오겠다고 하더라."

지나친 리얼함은 때론 반감을 심어주기도 한다. 고양이 신전도 이와 같은 경우였다.

여하튼 던전은 무사히 클리어했다.

남은 건 보상뿐.

사실 민허는 그리 큰 기대를 가지진 않았다. 저번 주부터 시간이 날 때마다 계속해서 고양이 신전에 왔지만, 원하는 템은 나오지 않았다.

그가 이 던전에서 노리는 템은 하나였다.

바로……

"어? 환영 팔찌 나왔네."

"진짜?!"

민허답지 않은 격한 반응이 튀어나왔다.

환영 팔찌. 민허가 애지중지 찾았던 액세서리 아이템이었다.

[환영 팔찌(레전더리)]

[민첩 +8]

[방어 +35]

[격투 계열 전체 스킬 +1]

[아이템 사용 시 특수 스킬, 분신술을 사용할 수 있다.]

[분신술]

[쿨타임: 60초]

[특수 기술. 스킬 레벨에 따라 소환할 수 있는 분신의 개수가 늘어난다.]

[1레벨: 분신 하나]

[2레벨: 분신 둘]

[3레벨: 분신 셋]

[4레벨: 분신 넷]

[5레벨(마스터): 분신 다섯]

엄밀히 말하자면 환영 팔찌가 탐난다기보다는 아이템에 달린 특수 스킬, 분신술이었다.

그러나 분신술은 민허가 주된 스킬로 삼는 반격기와 마찬가지로 그렇게까지 선호되는 스킬이 아니다.

분신술은 트라이얼 파이트 7에서도 없는 기술이었다. 그저 민허가 보기엔 좋아 보여서 탐을 냈을 뿐이다.

실제로 환영의 팔찌를 보자마자 이소연과 서혼, 보석의 반응은 별로였다.

"하필 나와도 이런 게 나오냐."

"좀 더 좋은 레전더리도 많은데."

"누구 필요한 사람?"

우선은 아이템이 필요한 사람이 있는지 묻는 게 순서다. 세 명은 침묵을 지켰다. 그 틈을 타 민허가 적극적으로 어필했다.

"나! 나! 이거, 찾던 아이템이었어!"

"설마 사용하려고?"

"물론!"

남들이 기피하는 템이지만, 민허에겐 최고의 템이다.

팔찌는 아무런 반대 없이 민허에게 고스란히 넘어갔다. 레전더리 아이템답게 번쩍이는 이펙트가 유저의 심금을 울리게 만들었다.

'생각보다 빨리 나와줬어. 운이 좋네.'

오늘 최대의 수혜자는 강민허였다.

물론 같은 파티원들은 그렇게 생각하지 않았다. 어디까지나 강민허, 혼자만의 생각이었다.

경기가 시작되기 하루 전.

민허의 32강 상대로 정해진 나이트메어 소속 프로게이머, 오수환의 손은 쉴 틈 없이 움직였다.

"오케이, 좋아! 바로 그거다!"

서진창이 잘하고 있다는 식으로 그를 응원했다.

오수환은 현재, 서진창과 PvP 연습을 거듭하고 있는 중이었다.

그것도 8시간 연속으로.

아무리 PvP라 하더라도 8시간 동안 계속해서 플레이하면 기력이 빠지게 마련이다. 그러나 수환과 진창은 지친 기색이 전혀 보이지 않았다.

오히려 시간이 지날수록 점점 더 의욕이 불타올랐다.

때마침 거실에서 마실 거를 찾던 서예나가 얼굴에 불만 가득한 표정으로 연습실에 등장했다.

"톡톡쇼 말고 다른 음료 없어요?"

"사다놓긴 했는데, 애들이 다 마셨을걸?"

코치의 말에 예나가 짜증을 부렸다.

"아, 진짜!! 톡톡쇼, 지겨워 죽겠어요!"

"어쩔 수 없잖아. 스폰서로 받은 건데, 버리기도 그렇고."

나이트메어 숙소 역시 ESA와 마찬가지로 톡톡쇼 때문에 고통을 받는 중이었다.

톡톡쇼가 이번 개인 리그 스폰서였기 때문에 음료를 몰래 버리기도 난감하다. 혹여나 기자, 혹은 게임 팬들에게 톡톡쇼 마시는 게 지겨워서 버렸다는 사실이 발각되기라도 한다면 구설수에 오를 게 분명하다.

결국 불편함을 감수해서라도 다 마시는 수밖에 없었다.

톡톡쇼 캔 하나를 들고서 자리로 향하던 예나였으나 도중에 걸음을 멈췄다.

"오빠들. 아직도 연습하는 거야?"

"어? 응. 수환이 녀석이 계속 해달라고 해서."

진창은 예나와 마찬가지로 이미 16강 본선 진출을 확정지었다. 그 덕분에 수환의 연습에 어울려 줄 만한 여유를 가질 수 있었다.

"왜 진창이 오빠한테? 강민허 상대로 연습하려면 격투가 클래스랑 연습해야 하는 거 아니야?"

"그게 말이다."

대답을 들려주려던 찰나였다.

진창이 말할 타이밍을 가로챈 수환이 '훗!' 하는 코웃음을 선보였다.

"이래서 머리 나쁜 사람은 안 된다니까."

"…뭐야?"

"잘 생각해 보라고. 강민허 선수는 같은 격투가 클래스들하고도 완전 다른 플레이 성향을 지니고 있어. 5레벨이라는 것도 그렇지만, 주 기술로 반격기를 삼고 있다든지 에너지 파 원거리를 구사한다든지 하는 그런 것들이 일반적인 격투가 스타일이라고 생각해?"

"그건… 아니긴 하지."

"클래스 유무보다 중요한 건 '강민허와 대결을 해본 경험 여부'야. 그만큼 강민허에 대한 데이터를 가지고 있을 테니까. 그럼 진창이 형이 딱이지."

실제로 서진창은 민허와 대결을 펼친 적이 있었다. 그것도 방송에서.

수환이 필요한 건 진창이 가지고 있는 민허와의 대결 데이터였다.

"그렇다면 오히려 내가 더 적합자 아니야? 난 민허하고 같이 파티도 하고 여러 번 어울렸는데."

예나가 스스로를 어필했으나, 수환의 태도는 여전히 냉담했다.

"PvP 대결한 적은 없잖아. 그리고 힐러는 논외야."

"너, 짜증 나."

"칭찬 고맙군."

표정 하나 변하지 않고 예나의 말을 맞받아치는 수환의 모습에 탄식이 절로 나올 정도였다.

예나의 난입 덕분에 연습의 흐름이 잠시 끊어졌다.

"감사합니다, 진창 선배. 이후부터는 저 혼자 영상 보면서 익힐게요."

"그래. 내일 경기, 힘내라."

"예."

진창의 응원에도 무덤덤하게 대답하며 곧장 헤드셋을 착용했다.

이런 태도를 보자마자 예나가 또다시 태클을 걸었다.

"진창 오빠! 너무 그렇게 오냐오냐 받아주지 마세요! 버릇없어지잖아요!"

"너도 버릇없기는 마찬가지잖아. 그보다 일부러 수환이 멘탈 망가뜨리려고 하지 마. 하고 싶어도 내일 경기 끝난 이후에 해."

"…알고 있어요."

비록 예나가 수환에게 안 좋은 인식을 가지고 있긴 하지만, 그래도 공과 사는 구분할 줄 아는 여자다.

개인 리그 성적은 그 선수의 가치를 입증할 수 있는 가장 객관적인 기준이다. 프로 리그와 다르게 개인 리그는 철저하게 선수의 역량을 가늠할 수 있는 척도가 되기 때문이다.

개인 리그에 우승 한 번 하면 엄청난 부와 명예를 거머쥐게 된다. 프로 선수로선 상상하기 힘들 만큼의 거대한 보상이 한꺼번에 떨어지는 셈이다. 그 때문에 선수들은 개인 리그에 대게 비중을 많이 두는 편이었다.

물론 프로 리그도 중요하다. 그러나 어디까지나 중요한 건 자기 자신이다. 혹시 또 모르지 않은가. 팀을 이적하게 되는 경우도 있으니 말이다.

수환의 올해 목표는 개인 리그 성적을 높이는 것이다.

그럴 수밖에 없었다. 오수환에게 붙은 별명이 '예선 여포'다.

예선 현장에선 삼국지의 여포처럼 엄청난 실력을 뽐내지만, 정작 본선에 올라가선 2 대 0으로 셧아웃을 당하는 경우가 다반사였다.

'이번만큼은 예선 여포라는 불명예를 벗어던지겠어!'

어떻게 해서든 32강을 통과해 16강 이상의 성적을 거둔다!

설령 상대가 강민허라 하더라도.

*   *   *

32강 마지막 경기 날이 찾아왔다.

ESA는 오늘 경기를 펼치는 선수만 2명이나 있다.

한 명은 강민허. 그리고 다른 한 명은 성진성이다.

팀의 주장인 최승헌은 2 대 1이라는 스코어를 기록하며 먼저 16강에 안착했다. 승리를 따내긴 했지만, 경기 내용은 별로 좋지 않았다.

예선 때와 비슷하게 본인의 역량으로 16강 진출을 따냈다는 느낌보단 상대방의 실수가 많아 어영부영 진출했다는 평이 더 많았다.

그 때문에 최승헌 본인도 기분이 썩 좋진 않았다.

며칠 전, 허태균 감독은 세 명의 본선 진출자에게 미리 예고했던 대로 팀원들에게 앞으로 1군, 2군 없이 성과대로 출전 기회를 보장하겠다고 통보했다.

그 덕분에 팀의 분위기는 약간 뒤숭숭한 편이었다. 여전히 2군에 대한 불신이 남아 있었기 때문이다.

이때 민허와 진성, 두 사람이 16강 진출이라는 쾌거를 이루게 된다면 1군에게 2군의 실력이 이 정도라는 것을 보여줄 수 있을지도 모른다.

결국 이들은 ESA 2군의 희망을 등에 업은 셈이었다.

먼저 메이크업을 끝낸 민허가 진성의 어깨를 가볍게 안마했다.

"형이 오늘 먼저 경기하더라?"

"왜. 불만 있냐?"

"아니, 그냥 잘하라고. 멋지게 16강 진출해서 내 사기도 좀 올려줘."

"괜히 그런 부담감 주지 마! 안 그래도 심장 떨려 죽겠는데!"

진성은 프로게이머 생활을 하는 동안, 개인 리그에 한해서 이토록 큰 무대에 서본 적이 없었다.

관객들은 팀이 아닌 성진성을 응원하기 위해 이곳을 찾았다. 그 때문일까. 아까부터 몸의 떨림이 멈추지 않았다.

"야, 민허야."

"왜?"

"너, 트파 7 선수 생활 할 때, 무슨 마음가짐으로 무대에 섰냐. 안 떨리고 경기할 수 있는 비결 같은 거 있으면 좀 알려 줘."

"마음가짐이라……."

다른 분야의 경험이긴 하지만, 민허의 말은 도움이 많이 될 것 같았다.

그는 세계 정상의 무대에 서봤던 프로게이머니까. 경력으로 치자면 진성보다 한참 위다.

"비결은 있지."

"뭔데?!"

"게임할 때 있잖아. 자세를 바꾸는 거야."

"자세라니. 그게 무슨 뜻이야?"

"양반다리를 하고 게임하는 거지. 그러면 몸의 떨림도 없어지고, 긴장감도 완화돼. 오로지 게임 화면만 보이고 집중도 잘 되더라고. 그리고 운도 좋아지고, 게임도 평상시보다도 훨씬 더 잘 풀려. 비급 중에서도 비급이지."

"얌마! 그런 기가 막힌 비결을 왜 이제 알려주는 거냐?! 저번 결승전 때 알려줬으면 좋았잖아!"

"나만의 비법이라서 아껴두고 싶었거든."

지금 진성의 마음은 딱 이러했다.

희망이 보인다!

상대가 아무리 본선 진출 경력만 6번을 지니고 있는 실력자라 하더라도 민허의 비결만 있으면 문제없을 터!

고민 상담이 끝나갈 무렵에 스태프가 와서 진성을 찾았다.

"성진성 선수. 부스 안으로 들어가 주세요. 코치분들도 같이요."

"오 코치, 네가 진성이 데리고 부스 들어가."

"예, 감독님."

허 감독이 진성과 함께 오 코치를 보냈다.

두 사람이 대기실을 나선 이후, 허 감독이 작은 웃음을 토해냈다.

"민허야, 입에 발린 거짓말을 하는 것도 정도가 있지. 양반다리 한다고 게임이 잘 풀리고 긴장도 없어지고… 그게 말이 되냐."

"눈치채셨나요?"

"아마 진성이 말고 다 눈치 깠을 거다."

허 감독의 말대로였다.

양반다리 비결. 그건 거짓말이다. 그래도 이렇게나마 진성의 떨림을 진정시킬 수 있다면 그것만으로도 족하지 않을까.

그래서 허 감독도 일부러 민허의 거짓말을 드러내지 않은 것이다.

"진짜로 효과가 있었으면 좋겠네."

허 감독이 진심을 담아 말했다.

*　　　*　　　*

부스 안으로 들어가 모든 경기 준비를 마친 진성이 뒤에 대기 중인 심판에게 물었다.

"저기, 혹시 양반다리 해도 되나요?"

"네. 상관없어요."

양반다리를 한다고 본 게임에서 크나큰 영향을 주는 건 아니지 않은가. 양반다리 금지 규정도 없었기에 흔쾌히 허락을 했다.

경기 시작까지 앞으로 3분 남짓 남은 상황.

'오, 진짜 효과 있는 거 같은데?!'

뭐랄까. 자세가 안정되니 마음의 안정도 같이 찾아오는 듯했다.

'민허 녀석, 이런 비급을 숨기고 있을 줄이야! …그런데 잠깐. 민허가 경기할 때 양반다리 한 적 있었나?'

A 리그 때의 기억을 떠올려 보지만 제대로 생각나지 않았다. 한 경기, 한 경기가 워낙 치열했기에 같은 팀원 자세까지 신경 쓸 여력은 없었다.

'뭐, 상관없겠지.'

본인이 만족하면 그걸로 오케이다.

그렇게 시작된 첫 번째 경기.

상대는 백전노장이라 알려진 세인트 팀의 오석수 선수다.

승자 예측은 오석수가 95%. 진성이 5%다.

압도적으로 차이가 났다.

어쩌면 당연한 결과였다. 예상된 결과였기에 놀랄 만한 건 더기도 안 됐다. 오히려 그래서 승자 예측에 멘탈이 흔들리거나 할 일은 없었다. 장점이라면 장점이었다.

"뭐, A 리그 때에는 매번 이런 상황만 있었으니까."

진성도 이제는 득도의 단계에 들어섰다.

어쩔 수 없다. 신인 시절에는 이런 결과를 수도 없이 접할 터.

이제 퍼센티지를 높여가면 된다. 그것이 진성과 같은 신인들이 해야 할 일이다.

마음을 다잡고 있을 때, 바깥에서 민영전 캐스터의 우렁찬 목소리가 들려왔다.

"지금부터 여러분들의 뜨거운 함성과 함께 첫 번째 경기~ 시작해 보겠습니다!!!"

관객들이 환호성 덕분에 부스 안이 가볍게 떨렸다.

긴장되는 순간.

오석수 선수의 클래스는 진성과 같은 전사 계열이다. 경기

양상은 근접전 위주가 될 것이다. 변수가 없는 이상, 순수한 실력 대결이 예상된다.

서로 한 손 방패를 든 채 눈치만 보던 때에, 오석수가 먼저 기선을 제압하기 위해 가드를 해제했다.

공격 모선에 들어간 순간, 진성이 곧장 패링 커맨드를 입력했다.

터엉!

"헉……!!"

순간 오석수의 입에서 놀람이 섞인 탄식이 튀어나왔다.

패링 성공!

이후 깔끔하게 잡기 기술까지 연결시키는 진성의 연계 플레이! 카운터 판정까지 받은 상태였기에 어마어마한 대미지를 뽑아냈다.

순식간에 오석수의 HP를 반 이상 깎았다.

'할 수 있다! 할 수 있어!'

진성의 손이 조금씩 떨리기 시작했다.

선제공격의 성공으로 인해 제대로 기세를 잡았다.

게다가 일반 공격도 아닌 패링이다. 공식전에서 성공하기 정말 어려운 경기를 단 한 번의 시도로 성공해 냈으니, 이 얼마나 기분 좋은 일인가.

패링이 성공했을 때, 관객들 역시 입을 모아 감탄을 했다.

이후 진성의 공세가 이어졌다.

흐름을 탔을 때 공격을 퍼부어라! 민허가 진성에게 준 팁 중 하나다.

무차별하게 당하기만 하는 오석수의 모습에 중계진도 믿을 수 없다는 반응을 보였다.

"오석수 선수! 계속해서 HP 손해가 누적되고 있습니다!"

"정말 놀랍네요! 제 두 눈으로 보고도 의심이 갈 정도입니다! 성진성 선수가 저렇게 잘하는 선수였나요?"

"A 리그 때 보여준 모습은 운이 아니었나 보네요. 실력입니다. 이건 실력이에요!"

강자와 약자의 싸움에서 약자가 이기는 패턴은 드라마틱한 요소를 극대화시키는 효과를 창출한다.

진성의 모습이 딱 그러했다.

아무에게도 응원받지 못했던 성진성이 백전노장이라 불리는 오석수를 상대로 압도하는 모습을 보여줬다!

기세를 이어가 마무리까지!

"GG!! 성진성 선수, 첫 세트를 가져갑니다!"

"두 번째 세트에서도 이 기세를 이어갈 수 있을지 기대되네요!"

중계진들뿐만 아니라 관객들 역시 기대감을 품었다.

물론 아직까진 오석수를 응원하는 목소리가 더 컸다. 오석수도 그걸 잘 알고 있었다.

'침착하자. 고작 1경기만 내줬을 뿐이야.'

백전노장이라는 별칭답게 흔들리지 않는 모습을 보여줬다. 이럴 때일수록 침착하면 된다. 어차피 실력은 별 차이 없다. 방금 치른 첫 경기를 통해 느낄 수 있었다.

누가 더 이성적으로 판단하느냐의 싸움이 될 터. 멘탈적인 면에서 밀리면 두 번째 경기도 패배한다.

한편, 진성은 스스로에게 놀랐다.

'설마 양반다리가 진짜 효과 있을 줄이야!'

본인이 생각해도 신기했다.

'민허 녀석! 진작 좀 알려줬으면 좋았잖아!'

속으로 민허의 원망도 해보지만, 그래도 정말로 기분이 상하거나 그런 건 아니었다. 지금이라도 이 비결을 알려줬으니 다행 아니겠는가.

서로 각기 다른 분위기 속에서 두 번째 경기를 알리는 신호가 떨어졌다.

이번에도 역시나 마찬가지로 서로 가드를 굳힌 채 상대방의 행동을 주시하는 것으로 시작했다.

서로의 클래스가 비슷하거나 같을 경우에는 신중하게 나가는 편이 승률이 더 높게 나온다. 두 사람은 그걸 너무나도 잘 알고 있었다.

하나 기세를 탄 이상, 시간을 낭비하는 건 진성에게 있어서 손해였다.

상대방이 다시 제정신을 차리기 전까지 몰아붙인다! 그 생각이 들자, 진성이 먼저 검날을 세웠다.

'어디 제대로 한번 붙어보자고요!'

먼저 돌격해 오는 진성. 자신감이 묻어나오는 행동이었다.

그러나 오석수도 질 생각은 전혀 없었다.

기세 싸움으로 이끌어갈 필요가 있었다. 신인의 패기를 꺾는 것만으로도 석수에게 큰 이득이 된다.

그래서 선택한 기술이 있었다.

'나도 패링이다!'

오석수도 패링이라는 카드를 꺼내 들었다. 강민허의 카운터와 마찬가지로 성공 확률이 지극히 낮은 스킬이다. 그럼에도 불구하고 일부러 패링을 시전한 이유는 기세 싸움에서 우위를 취하기 위함이었다.

터엉!

둔탁한 효과음과 함께 진성의 캐릭터가 크게 휘청거렸다.

'성공했어!'

오석수 본인도 놀랐다.

지금까지 그는 단 한 차례도 공식전에서 패링을 시도해 본 적이 없었다. 물론 비공식 경기에선 자주 패링을 선보였지만,

그때는 그저 재미 요소로 했을 뿐이다. 심지어 그때는 실패하기까지 했다.

그러나 이 경기는 다르다. 개인 리그 본선은 자주 가질 수 있는 그런 경기가 아니다. 선수에 따라 평생 본선 경기를 가지지 못하는 사람도 있다. 백전노장이라도 긴장이 될 수밖에 없는 자리에서 패링이라니. 철저하게 안전성을 지향하는 오석수답지 않은 플레이였다.

그래도 성공했으니 다행이었다. 실패했으면 엄청난 반작용을 낳았을 것이다.

진성과 같은 방식으로 잡기 콤보를 넣었다. 많은 HP 손실을 입은 진성이었으나, 그의 표정에는 흔들림이 없었다.

'양반다리, 양반다리, 양반다리!'

민허가 심어놓은 양반다리 효과 때문이었다.

당황할 법도 한데도 불구하고 진성은 필사적으로 이성을 부여잡았다.

'그래, 고작 HP 조금 잃었을 뿐이야!'

다시 가드를 세웠다. 놀랄 정도로 이성적이었다. 프로게이머 생활을 하면서 이토록 냉정했던 때가 있을까. A 리그 결승전 때에도 이만치 이성적으로 판단하진 않았을 것이다.

한편, 덩달아 놀란 쪽은 오석수 측이었다.

'멀쩡하다고?!'

3분의 1에 달하는 HP 피해를 봤으니, 에라 모르겠다 하면서 무작정 덤벼들 줄 알았다. 그러나 진성은 침착하게 대응했다. 그것에 놀란 것이다.

'기세를 안 빼앗기려고 그러나.'

오석수는 HP를 가져왔지만, 진성은 1세트를 가져갔다. 각자 취한 결과물의 차이가 크다.

아직까지는 진성이 유리하다. 그렇기에 이성적으로 대처할 수 있었던 것일지도 몰랐다.

'그렇다면 내 쪽에서 먼저 간다!'

다시 한번 무리수를 꺼내 들었다.

파지지직!

오석수의 검에 스파크가 일렁였다.

[라이트닝 차지]

[물리 공격력: 1,000]

[쿨타임: 20초]

[전사 전용 스킬. 무기에 번개 속성을 부여한다. 강한 일격을 날린다. 가드 불가.]

'라이트닝 차지라면 방패도 소용없지!'

가드 불가 옵션 때문에 방어도 불가능하다.

대신, 단점이 있었다.

캐스팅 시간이 3초로 꽤 긴 편이다. 그러나 가드를 붙인 채 수동적인 자세로 임하는 플레이어에겐 기습 공격으로 딱 좋은 패턴이었다.

라이트닝 차지가 시작되자마자 바로 반응하지 못하면 그대로 공격을 허용당한다. 보통 일반 게임을 할 때에는 바로 반응을 하지만, 이런 공식전에서는 긴장 때문에 잘 반응하지 못한다.

특히나 신인들이 그렇다. 오석수가 노린 것이 바로 이 점이다.

'어디 제대로 반응하나 한번 볼까!'

라이트닝 차지가 시작되는 순간, 진성의 눈이 빛났다.

바로 가드를 내린 이후에 아래에서 위로 검을 크게 휘둘렀다!

어퍼류의 스킬이었다.

"설마?!"

오석수가 입을 쩍 벌렸다. 어퍼 스킬은 바로 공중 콤보로 이어진다.

퉁! 소리와 함께 그대로 위로 상승하는 오석수의 캐릭터. 진성이 이를 놓칠 리 없었다.

"가잣! 10단 콤보!"

민허에게서 배운 격투계 기술이다.

기본기와 단타 스킬들을 차례차례 입력했다. 마지막 마무리는 역시 강한 일격으로!

공중에서 들어가는 콤보 대미지는 에어리얼 판정 덕분에 더 강하게 들어갔다. 순식간에 HP의 절반 가까이를 잃은 오석수의 눈빛엔 당황함이 어렸다.

극심한 손해다!

망치로 뒤통수를 한 대 얻어맞은 듯한 충격이 가시기도 전에 진성의 공격이 계속 이어졌다.

"아직 게임 안 끝났어!!!"

진성이 억지로 텐션을 끌어 올렸다.

여기서 뒤처지면 끝이다!

바로 앞까지 온 16강 본선 진출의 기회를 이대로 허무하게 날릴 수 없다는 소망이 그를 적극적으로 만들었다.

매섭게 이어지는 공세! 관객들의 반응도 점점 뜨거워졌다.

마침내 오석수의 HP가 바닥까지 보인다!

"마무리다!!"

검을 고쳐 잡은 진성의 캐릭터가 최후의 일격을 가했다.

석수가 가드 자세를 취하기도 전에 진성의 속공이 이어졌다.

—System: [세인트]오석수 님이 아웃당했습니다.

—System: [ESA]성진성 님의 승리!

"좋았어!!!"
진성이 두 주먹을 불끈 쥐었다.
그의 화끈한 세리머니에 관중들도 환호성으로 답했다.
만년 2군이었던 프로게이머, 성진성.
그는 최초로 개인 리그 16강 무대에 진출했다.

*   *   *

성진성이 이뤄낸 성과는 말 그대로 기적이었다.
부스 안으로 뛰어들어 가다시피 한 오진석 코치가 성진성
을 와락 끌어안았다.
"잘했다, 진성아!! 네가 해낼 줄 알았어!"
"코치님 덕분이에요!"
진성의 눈시울이 붉게 물들었다.
재능이 없다. 안 될 게이머다. 이런 소리를 숱하게 들어왔던
진성 아니겠는가. 2군에서 나름 이름 좀 날렸다고 하지만, 언
제까지 2군에 머물 것인가.
매번 안 좋은 평가를 들어왔던 그가 드디어 당당하게 성진
성이라는 이름 세 글자를 올리게 되었다.

승자에게는 어김없이 화영과의 승자 인터뷰가 진행된다.

특별 스테이지로 올라온 진성에게 화영이 빙그레 미소를 지어줬다.

"성진성 선수! A 리그 때 이후로 오랜만에 보네요."

"그, 그그그러게 말입니다. 하, 하하하!"

어색한 웃음이 흘렀다.

사실 진성은 본인이 여기에 설 줄은 몰랐다. 민허와 보석과 함께 셋이서 같이 섰던 승자 인터뷰 무대에 오늘은 홀로 올라오니 감회가 새롭다기보다는 긴장감으로 몸이 얼어붙었다.

"오늘 승리의 비결은 무엇이라고 생각하세요?"

"그게⋯⋯."

무언가 말은 해야 하지 않겠나. 모처럼 카메라 원샷을 받는데, 어버버거리다가 끝나면 분명 흑역사로 기록될 것이다.

"사, 사실 강민허 선수에게 전수받은 비법이 하나 있었습니다. 그것 때문에 이길 수 있었던 거 같습니다."

"강민허 선수요? 혹시 그 비법이 뭔지 알려주실 수 있나요?"

"그건 좀⋯⋯."

밝힐 리 없지 않은가.

본래 비급이라는 건 함부로 누설해선 안 된다. 화영도 그렇게까지 집착할 생각은 없던 모양인지 깔끔하게 포기하고 다음 질문으로 넘어갔다.

"응원해 주신 팬분들에게 한 말씀 부탁드릴게요."

"우선은 절 응원해 주신 5%의 지지자 여러분들에게 정말 감사드립니다."

승자 예측에 관련된 자료가 언급되자 관객들 사이에서 작은 웃음소리가 새어 나왔다.

티는 내지 않았어도 미련은 가지고 있었나 보다.

"앞으로 5%에서 10%로, 10%에서 20%로. 그리고 언젠가는 제가 95%가 될 수 있도록 노력하겠습니다! 지켜봐 주세요!"

처음에는 좀 떨려 했으나, 마지막에는 멋진 발언으로 마무리하는 데에 성공했다.

진성의 포부에 관중들 역시 박수갈채를 보냈다.

이후 스테이지에서 내려와 대기실로 되돌아온 진성. 그를 보자마자 민허가 반가이 맞이했다.

"고생했어, 형."

"네 덕분이다. 비법 알려줘서 고마워!"

"천만에. 그리고 고마워할 필요 없어. 그 비법, 구라니까."

"…뭐?"

순간 잘 이해가 되지 않았다. 그럴까 봐 민허가 일부러 몇 차례 강조해 말해줬다.

"진성이 형 잘하라고 일부러 거짓말한 거야."

"이런 미친놈을 봤나!! 난 또 진짜인 줄 알았잖아!!"

"그래도 진짜로 이겼으니 됐잖아."

"그건 그렇지만······."

민허의 거짓말 덕분에 효과를 본 건 맞다.

하기야. 이제 와서 생각해 보니 웃긴 일이긴 하다. 고작 양반다리 했다고 게임이 잘 풀리고 운도 따라주고 용기가 샘솟고 하는 게 말이 되나.

"하, 진짜. 난 철석같이 믿었는데. 차라리 말해주지 말지 그랬냐."

"그러면 안 되지. 나중에 양반다리가 오히려 독이 될 수 있으니까. 그리고 오랫동안 하면 다리에 쥐 나. 건강을 생각해서라도 그냥 평범한 자세가 제일 좋아."

"그래, 알았다. 알았어. 하여튼 진짜. 내가 너한테 또 당할 줄이야."

말은 그렇게 해도 진성은 민허에게 고마움을 잔뜩 느끼고 있었다.

이제 진성의 무대는 끝났다.

다음은 민허의 턴이다.

"나도 슬슬 준비해 볼까."

드디어 오늘의 메인 매치가 막을 열 준비에 들어갔다.

민허가 부스 안으로 들어가기 위해 모습을 드러낸 순간, 관중석에서 격한 반응이 뿜어져 나왔다.

"강민허 선수!! 파이팅!!"

"오늘 무조건 이겨요!!!"

"제주도에서 왔습니다!! 강민허 선수 이기는 거 보려고 왔어요!!"

여기저기서 엄청난 함성 소리가 들려왔다.

민허와 함께 부스 안으로 들어온 오 코치가 대단하다는 식으로 말했다.

"인기 장난 아닌데?"

"앞으로 더 많이 끌어 올려야죠."

본래 사람의 욕심이란 끝이 없다.

민허 역시 본능에 충실한 인간이다. 보다 많은 인기를 끌고 싶어 하는 건 어찌 보면 당연했다.

특히나 개인 방송 덕분에 민허의 팬들이 훨씬 많이 늘었다. 요즘은 리그 준비 때문에 휴방 중이었지만, 아직도 민허의 방송을 기다리는 팬들은 많았다.

"오늘 경기 이기면 방송이라도 틀어야겠네요."

"회식 안 하고?"

"회식 자리에서 틀려고요."

"감독님한테 허락 맡아야 할걸."

"감독님이라면 분명 오케이해 주실 거예요. 너그러우신 분이니까요."

"경기 결과에는 너그럽지 않으신 분이야."

"그렇다면 제가 오늘 경기에서 이기면 해결되겠네요."

민허까지 16강에 진출하면, 16강에 ESA 선수만 세 명이나 이름을 올리게 된다.

팀 감독으로서 기쁘지 않을 수가 없었다.

가장 불안했던 성진성까지 16강 진출을 확정지었으니, 이제 민허가 마무리를 지으면 된다.

그러나 상대는 나이트메어의 오수환이다. 예선 여포라 불리는 선수지만, 실력은 분명 있다.

게다가 희귀 클래스다.

'소환사라고 했지.'

A 리그 때 소환사와 경기를 펼친 적이 있었다. 양자포 사격 스킬을 활용한 요새 전략이 그러했다. 하나 그때는 엄밀히 말하자면 소환사의 '벽' 스킬을 이용한 플레이어들과 경기를 펼친 거지, 제대로 된 소환 스킬을 활용하는 소환사와 대결을 펼친 적은 없었다.

예선 경기에도 소환사 클래스는 찾아보기 힘들었다.

하기야. 소환사는 힐러와 마찬가지로 희귀 클래스에 속한다. 그래서 민허도 연습 상대를 찾는 데에 난항을 겪었었다.

그래도 크게 상관없다.

이미 민허의 목적은 며칠 전에 달성되었으니까.

대 소환사전에서 필요한 아이템을 이미 그는 가지고 있다.

'환영 팔찌가 있으니까 어떻게든 되겠지.'

민허의 믿는 구석이 바로 환영 팔찌다.

경기에 들어가기 직전. 오수환이 먼저 채팅으로 민허에게 말을 걸어왔다.

[나이트메어]오수환: 좋은 경기 해봅시다.

오수환이 먼저 붙임성 있게 말을 해올 줄은 몰랐다. 물론 채팅이지만.

민허도 마주 인사를 건넸다.

[ESA]강민허: 저야말로 잘 부탁드립니다.

[나이트메어]오수환: 예. 그리고 미안하지만 16강은 제가 올라가야겠습니다. 미리 말씀드리죠.

"오호. 그렇게 나오시겠다 이거지?"

처음부터 도발이 시작되었다.

도발을 걸어오는 상대방은 크게 두 가지 부류로 나뉜다.

민허처럼 정말 자신감이 넘친다든지. 아니면 이성을 흩트리기 위함이라든지.

민허가 이 정도 도발에 넘어갈 리가 있겠나.

[ESA]강민허: 그건 제가 허락하지 못하겠네요.

민허도 역시 강하게 나왔다.

그럴 줄 알았다. 민허라면 세게 반격해 올 거란 사실을 예상했던 수환이었기에 가볍게 넘기기로 했다.

서로 채팅을 이용한 신경전을 펼칠 때, 민영전 캐스터가 경기 시작을 알렸다.

"32강 마지막 경기! 강민허 대 오수환! 오수환 대 강민허의 경기를 지금 시작하겠습니다!!!"

다시 한번 관중석에서 우레와 같은 함성이 터져 나왔다.

강민허와 오수환. 수환과 달리 민허는 개인 리그 본선 무대에 서보는 건 처음이다.

그러나 민허는 이보다 더 큰 무대에 서본 적 있었다. 비록 오수환에 비해 로인 이스 온라인 경력은 부족할지 몰라도 게이머로서의 경험은 역으로 우위에 있다.

진성과 다르게 긴장감이라고는 전혀 찾아볼 수 없는 민허. 같은 부스에 들어가 있는 진행 요원이 보기엔 참으로 신기한 모습이었다.

게임이 시작되자마자 오수환이 바로 스킬을 시전했다.

뼈의 장벽. 어디서 많이 본 스킬이었다.

'A 리그 때 봤던 그거인가.'

소환사, 주술사가 차례로 벽을 세우면서 양자포 스킬 쿨타임을 벌었던 그 때의 경기가 떠올랐다.

양자포는 없지만, 그래도 오수환은 장벽을 칠 수밖에 없었다.

소환사는 기본적으로 소환수를 소환해야 본래의 전투력을 발휘할 수 있다. 그러나 문제는 소환하기까지 시간이 걸린다는 점이다.

소환수를 리그에서 자주 볼 수 없는 이유가 바로 여기에 있다.

소환수를 소환하는 시간이 필요한데, 그것을 다른 클래스들이 가만히 놔둘 리 없다. 초반부터 무방비 상태가 되어버리는 소환사만큼 좋은 먹잇감은 없기 때문이다.

그래서 오수환은 장벽부터 세웠다. 장벽에 투자된 스킬 포인트도 꽤 되는 덕분에 꽤 오랫동안 버텨줄 수 있었다.

오수환이 소환해야 할 메인 소환수는 총 다섯.

대지 골렘, 다크 메이지, 섀도우 울프, 플레임 위치, 스켈레톤 킹.

자잘한 소환수들은 어차피 PvP에서 도움이 되지 않는다.

소환 시간 낭비만 될 뿐.

굵직한 소환수 다섯만 우선적으로 소환한다. 이후, 이 소환수들에게 최대한 많은 버프를 심어준다. 하나하나가 일반 플레이어 유저만큼의 전투력을 보유하게 되면, 소환사만큼 강한 클래스도 없을 터.

민허는 1 대 6으로 싸워야 할 판국이었다.

그러나 민허가 누구인가. 위기 상황에서 더더욱 빛을 발하는 프로게이머다. 그가 이런 것에 주눅 들 리 없었다.

그리고 이미 만반의 준비를 다 갖췄다.

―System: 분신술 스킬을 사용합니다.

환영 팔찌가 그의 비장의 한 수다.

마스터 레벨인 5레벨까지 전부 다 찍어둔 탓에 분신이 다섯이나 된다.

분신은 허상이라는 이유 때문에 아무리 공격을 해도 대미지를 입히지 못한다. 그러나 마스터 레벨을 달성하면 분신도 대미지를 입힐 수 있게 된다.

분신 숫자 늘리기도 있지만, 대미지 때문이라도 민허는 분신술에 많은 스킬 포인트를 투자할 수밖에 없었다.

한편, 민허의 분신수를 보자마자 수환의 미간이 사정없이 일그러졌다.

"분신술? 환영술이라고?!"

다섯 개의 분신에 대미지까지 들어간다면 정말 좋은 스킬임에 틀림이 없다.

그럼에도 불구하고 유저들이 환영 팔찌의 분신술에 투자하지 않는 이유는 명확했다.

분신수를 일일이 다 컨트롤해 줘야 하기 때문이다.

캐릭터 하나 컨트롤하기도 바빠 죽겠는데 여기에 분신수까지 컨트롤을 어떻게 한단 말인가. 소환사의 경우에는 소환수가 알아서 공격 대상을 파악하고 움직여 주니 다행이지만, 분신수는 그게 아니다.

그래서 분신술이 등한시될 수밖에 없었다.

하나 민허의 장점이 무엇인가. 바로 피지컬이다.

"소환수 하나씩 맡게 하면 되겠네. 마침 내 분신수 숫자랑 같기도 하고."

타다닥! 타닥! 타다다다닥!

민허의 양손이 아까에 비해 2배, 아니 3배 이상 빨라졌다.

손놀림이 거의 보이지 않을 정도였다.

다섯 개의 분신수가 각각 오수환의 소환수 하나씩을 마크하기 시작했다.

게다가 모두가 일정한 움직임으로 움직이니 무엇이 본체인지 감도 안 잡힌다.

타겟을 잃어버린 소환수가 우왕좌왕하는 모습을 보였다.

"쳇!"

오수환이 짧게 혀를 찼다. 어느 것이 본체인지 모를 때에할 수 있는 가장 효율적인 방법이 있다.

'전부 다 공격하면 어떻게든 되겠지!'

민허의 의도대로 1 대 1 전담 마크 구도가 되는 게 좀 짜증나긴 했으나, 달리 방도가 없었다.

'괜찮아. 소환수들의 AI는 우수한 편이니까!'

혼자서 여섯 개의 캐릭터를 일일이 컨트롤하는 것보다 뛰어난 AI를 바탕으로 움직이는 소환수가 훨씬 더 도움이 될 터.

적어도 오수환은 그렇게 생각했다.

그러나 이 생각이 허튼 것이었음을 알아차리는데 그리 오랜 시간이 걸리지 않았다.

애초에 민허가 노리는 건 다른데 있었다.

순식간에 수환의 바로 앞까지 도달한 라울, 아니, 라울의 분신수인지 본체인지 뭔지 모른다.

"우선 이 녀석부터 없애자!"

분신수를 하나하나 줄여가자는 생각에 바로 전투태세를 취했다.

소환사의 고등 마법 스킬인 스컬 애로우였다.

날카로운 뼛조각 6개가 정확히 라울 쪽으로 날아들었다.

대미지도 높고 피하기 어려운 스킬이다. 분신수가 본체에 비해 체력이 3분의 1밖에 안 된다는 정보를 이미 알고 있는 오수환이었기에 처음부터 강한 스킬을 선보였다.

그러나 문제는 눈앞에 있는 라울이 분신수가 아닌 본체라는 점이었다.

스컬 애로우를 정면으로 맞았음에도 불구하고 여전히 라울은 멀쩡했다.

남은 HP를 보자마자 오수환은 이 라울이 본체임을 확신했다.

"큭!"

짧은 탄식이 끝나기도 전에 라울의 라이트닝 어퍼가 이어졌다.

퍼억!!

상대방의 캐릭터를 공중으로 띄우는 기본기다. 라이트닝 어퍼 자체는 대미지가 그리 높지 않다. 그러나 어퍼의 무서움은 뒤에 이어지는 콤보라 할 수 있다.

소환사는 마법사 계통의 클래스이기에 방어력이 그리 높지 않다. 5레벨이라 하더라도 PvP 보정을 받은 격투가한테 정통으로 콤보를 허용당하면 거의 빈사 상태에 놓이게 된다.

순식간에 HP가 바닥을 보였다.

"회복해야 하는데!"

소환수 중에 소환사의 체력을 회복시켜 주는 소환수가 있다. 그러나 문제는 그 소환수를 소환할 시간조차 주어지지 않는다.

민허가 그렇게 가만히 놔둘 리 만무했다.

다른 소환수들을 불러와 임시방편으로 라울을 막아서게끔하고 싶었으나, 분신수들이 소환수들의 어그로를 제대로 끌었기에 그것도 시간이 걸렸다.

마무리 일격을 가하기 위해 움직이는 라울의 기세가 무섭다.

"소환수 없는 소환사만큼 상대하기 쉬운 캐릭터도 없지."

민허의 말대로였다.

무기력하게 당하기만 하는 오수환이 최후의 발악을 해봤으나 역부족이었다.

—System: [나이트메어]오수환 님이 아웃당했습니다.

GG. 오수환의 패배다.

*   *   *

"강민허 선수!!! 첫 번째 세트를 가져갑니다!!"

"뭐랄까요. 환영 팔찌를 이용한 분신수의 활용. 참으로 놀랍네요."

"오수환 선수도 많이 당황한 거 같습니다. 설마 강민허 선수가 맞불 작전으로 인해전술 카드를 꺼낼 줄은 몰랐겠죠."

"하하! 그렇죠. 저희도 몰랐으니까요."

중계진 입장에서도 이번 경기는 매우 흥미롭게 보였다.

첫 번째 세트를 보고 난 이후의 결론은 이거였다.

환영 팔찌의 재발견. 이건 꽤나 크다.

"후우."

수환이 깊게 심호흡을 했다.

멘탈이 크게 흔들릴 법했으나, 역시나 기성 프로게이머답게 곧장 평정심을 되찾았다.

이제 겨우 한 경기 내줬을 뿐. 아직 탈락 통보를 받은 건 아니었다.

기회는 얼마든지 있다. 아직 한 경기 더 남았는데, 고작해야 첫 번째 세트 졌다고 두 번째 세트마저 포기할 수는 없다. 그거야말로 가장 추한 패배다.

'좋아, 인정한다. 강민허, 당신은 내 프로게이머 경력에 있어서 최고의 적이야.'

사실 처음에는 민허를 좀 얕본 감이 없지 않아 있었다.

로인 이스 온라인을 격투 게임 하듯 플레이하는 민허의 의외성 플레이 때문에 어울리지 않게 높은 성적을 거둔 것이라 생각했었다.

하나 직접 상대해 보니 그렇지 않았다.

강민허. 그는 강하다!

이제는 알아야 한다. 그리고 인정해야 한다. 그의 강함을.

그렇지 않고서 제대로 된 경기가 시작될 수 없을 것 같았다.

"소환수 대 분신수 대결이라. 좋아, 어디 한번 해보자고"

오수환이 각오를 다졌다.

뒤에 기다리고 있는 건 절벽이다. 그도 더 이상 물러설 곳이 없다.

―System: 곧 대전이 시작됩니다.

―System: 3, 2, 1⋯ Fight!

시스템 보이스에 따라 두 번째 세트가 시작되었다.

어찌 보면 마지막이 될 수도 있는 세트였기에 중계진, 관중들도 손에 땀을 쥐며 대형 모니터를 응시했다.

사실 더 긴장하는 건 당사자인 오수환이었다.

앞서 마찬가지로 장벽을 친 오수환. 그를 보호하듯 거대한 장벽이 오수환의 주변을 감쌌다.

수환의 초반 플레이를 지켜본 민허가 가볍게 코웃음을 쳤다.

"그럴 줄 알았어."

여기까지는 민허의 예상대로다. 하기야. 소환사가 소환수를 불러내야 본래의 힘을 발휘할 수 있는 법 아니겠는가. 괜히 변수 만들겠답시고 소환수도 없이 바로 대전에 들어가면, 그건 곧 패배로 직결되는 지름길이라 할 수 있을 것이다.

여기까지는 민허의 예상대로다. 그렇다면 이 다음은 과연 어떻게 나올까.

오수환은 실력이 없는 유저가 아니다. 그는 분명 강하다. 예선 여포라고 하지만, 사실 알고 보면 그 별명도 대단한 거다.

예선 현장에 나타나는 건 최소 프로게이머 이상 되는 실력자들이니까. 이들을 전부 다 꺾고 결승까지 계속 올라간다는 것만으로도 충분히 본인의 실력을 입증한 셈이다.

그저 본선에서는 허무할 정도로 바로 떨어져서 예선 여포라고 불렸을 뿐.

상대방의 실력을 인정하고 게임에 임한다. 그건 민허도 마찬가지다.

자존감이 강한 민허지만, 그렇다고 상대방을 막 하대하거나 그러진 않았다. 실력에서 우러나오는 자신감. 그것이 민허가 보이는 태도의 근원이자 정체다.

"분신수, 소환!"

민허가 장난기 가득한 어투로 외쳤다. 동시에 라울과 같은 형태의 분신수 다섯이 소환되었다.

컨트롤 여하에 따라 분신수 하나하나의 전투력이 달라진다. 다섯 개나 되는 분신수를 일일이 컨트롤하는 게 결코 쉬운 일이 아니다.

오수환을 둘러싼 벽이 유지 시간이 다 되자 스스로 허물어졌다. 무너져 내리는 방벽의 조각 사이로 오수환과 메인 소환수 다섯의 모습이 비쳐졌다.

"대지 골렘, 다크 메이지, 섀도우 울프, 플레임 위치, 스켈레톤 킹. 아까랑 같은 소환수들이군."

이미 구면이라 그런 걸까. 민허는 소환수들을 바로 알아봤다.

소환수들에게는 각각의 포지션이 있다.

대지 골렘과 섀도우 울프, 스켈레톤 킹은 전선에서. 다크 메이지와 플레임 위치는 후방에서 화력을 지원한다.

그 중심에 오수환이 있다. 그의 역할은 소환수들에게 명령을 내리거나 그들을 강화시키는 버프를 끊임없이 걸어주거나 하는 일이다. 화력이 부족하다 싶으면 아까처럼 직접 마법을 사용해 적을 공격할 수도 있다.

소환수들이 진영을 갖췄다. 그 모습만으로도 상당히 위협적으로 다가왔다.

다른 의미로 견고한 방패 같았다.

'저걸 어찌 뚫는다.'

1세트에선 분신수라는 깜짝 카드를 활용했기에 상대방이 당황하는 틈을 타 허점을 찌를 수 있었다. 그러나 이미 비장의 카드가 들통 난 이상, 1세트와 같은 양상은 되지 않을 터.

'실력 발휘 좀 해볼까!'

어차피 먼저 덤벼들어야 하는 입장은 강민허다. 시간 낭비할 필요 없이 바로 분신수들을 이동시켰다.

동시에 라울의 본체도 움직이게 만들었다.

상대방은 어느 게 본체인지 알 수 없다. 생김새도 동일하게 형성되기 때문에 외형만으로 알아차리긴 힘들다.

알아낼 수 있는 방법이 있긴 하다. 분신수의 체력과 방어력은 본체에 비해 낮다. 때리다 보면 HP가 줄어드는 속도를 통해 분신수인지 본체인지 알아차릴 수 있다.

수환도 그걸 잘 알고 있었다.

'우선 본체를 찾는다.'

공격 명령이 떨어지자마자 소환수들이 곧장 공격을 개시했다.

대지 골렘의 거대한 몸체가 전면에 배치되었다. 섀도우 울프가 빈틈을, 스켈레톤 킹이 방패를 들어 후방 라인을 보호했다.

실질적으로 공격에 임한 건 다크 메이지와 플레임 위치. 흑색의 에너지 탄과 거대한 불길이 전방을 감쌌다.

그러나 민허도 쉽사리 당할 위인은 아니었다.

타닥!

휘이익!

훅!

여섯 명의 라울이 제각각 다른 방향으로 흩어졌다. 마치 서로 약속이라도 한 것처럼 동일한 움직임이었다.

게다가 속도도 빠르다!

정밀한 컨트롤이 아니면 분신 다섯을 본체와 같은 속도, 같은 움직임으로 컨트롤하는 게 사실상 불가능하다.

'괜히 5레벨로 여기까지 올라온 게 아니군!'

적임에도 불구하고 감탄이 절로 나왔다.

각 방향으로 흩어진 여섯 명의 라울. 그중 세 명은 후방으로 돌아가는 걸 택했다.

"귀찮게 하네!"

짜증 섞인 목소리를 낸 수환이 바로 진영 수정을 명했다.

전방에 위치하던 스켈레톤 킹이 움직이기 시작했다. 거대한 방패를 들고서 움직여 보지만, 몸놀림이 비교적 늦은 편이었다.

'늦었어!'

수환이 입술을 잘근 깨물었다.

라울의 분신수들의 목적은 뻔했다. 다크 메이지, 플레임 위치다.

오수환 본인은 대지 골렘과 섀도우 울프로부터 보호를 받고 있는 터라 쉽게 당하진 않을 것이다.

'하긴, 상관없지.'

다크 메이지와 플레임 위치는 소환 쿨타임 시간이 그리 길지 않다. 대지 골렘과 섀도우 울프, 스켈레톤 킹이 버텨준다면 소환 시간까지 충분히 벌 수 있을 것으로 예상된다.

그러나 민허는 수환이 생각하는 것 이상의 계획을 세웠다.

체력, 방어력이 낮은 다크 메이지와 플레임 위치를 먼저 공략할 줄 알았으나, 라울의 분신수들이 노린 소환수는 전혀 달랐다.

스켈레톤 킹. 그것이 세 라울의 먹잇감이다!

'뭐지?! 어째서 스켈레톤 킹을?'

수환으로선 지금 당장 이해되지 않았다. 혹시 민허가 잘못 컨트롤한 건 아닐까? 하는 생각이 들 정도였다.

그러나 컨트롤과 피지컬의 달인, 강민허가 실수할 리 만무했다.

라울의 분신수 셋이 스켈레톤 킹을 집중 공격했다. 다크 메이지와 플레임 위치의 공격 타겟을 후방의 라울 셋에게 돌리려고 했으나, 그렇게 되면 전방의 라울들을 견제할 수 없게 된다.

그렇다고 각각 전방, 후방으로 공격 방향을 나누면 화력이 절반으로 떨어진다. 이러나저러나 진퇴양난이었다.

결국 스켈레톤 킹이 라울 셋의 공세를 견디지 못하고 소멸됐다. 그러나 피해만 본 건 아니었다. 스켈레톤 킹은 오수환이 부리는 소환수 중 가장 강력한 소환수다. 제거당할 때 라울의 분신 셋 중 둘을 소멸시켰다.

하나로 둘을 교환했다. 수환으로선 이득이었다.

그러나 마냥 기뻐할 순 없었다. 스켈레톤 킹이 가장 강한 만큼, 소환 쿨타임 시간도 가장 길다.

남은 라울 하나가 진영 안으로 들어오며 무자비하게 헤집어 놓기 시작했다. 순식간에 진영이 분리된 틈을 타 전방에 대기 중이던 세 명의 라울이 안으로 돌진해 왔다.

'이번에야말로 메이지, 위치를 노리겠지!'

이들의 공격 타겟을 예상한 수환이 대지 골렘과 섀도우 울프에게 두 소환수를 지키라고 명령했다.

그러나 이번에도 이상 현상이 발생했다.

세 명의 라울이 노린 건 원거리 공격수가 아닌 대지 골렘이었다.

'탱커를? 굳이 왜?'

여전히 이해 안 되는 플레이를 선보였다.

대지 골렘은 메인 탱커이기에 아웃시키는 것도 꽤 시간이 걸린다. 민허는 둘의 라울 분신을 희생시켜 대지의 골렘을 소멸시켰다.

이번에도 하나와 둘의 교환. 민허는 이제 분신이 하나밖에 남지 않았다.

반면, 수환에겐 다크 메이지와 섀도우 울프, 플레임 위치가 남아 있다.

4 대 2. 수환이 유리했다.

그러나 영 꺼림칙하다.

수적인 불리함에도 불구하고 이번에도 민허가 먼저 달려들었다.

게다가 목표도 이상하다.

역전의 발판을 마련하려면 오수환을 직접 노리는 게 좋다. 그럼에도 불구하고 민허가 노린 세 번째 목표는 섀도우 울프였다.

최종적으로 섀도우 울프를 제거하는 데에 성공했지만, 마지막 남은 라울의 분신수마저 사라졌다.

이제 홀로 남은 라울. 보나마나 저게 본체일 게 뻔했다.

반면, 수환은 아직 두 마리의 소환수가 남아 있다.

"실수했네, 강민허."

수환이 생각한 민허의 계획은 대략 이러했다.

소환사의 상징인 소환수를 차례차례 없앤다. 그리고 본체끼리 1 대 1 상황을 만들어 상황을 유리하게 이끌어간다. 이것이 민허가 계획했던 작전이 아닐까 싶었다.

하나 민허가 생각했던 것보다 수환의 소환수는 강력했다. 특히나 스켈레톤 킹과 대지 골렘의 강력함은 로인 이스 온라인 유저라면 이미 잘 아는 바다.

게다가 수환이 버프까지 걸어주니, 제아무리 소환수라 하더라도 쉽게 쓰러뜨릴 수는 없을 터였다.

민허의 계산 미스다. 그것이 수환이 내린 결론이었다.

하나 그건 어디까지나 수환의 생각에 불과했다.

"과연 이게 실수일까."

마치 수환의 말을 직접 듣기라도 한 것처럼 대답하는 민허.

그는 오히려 웃고 있었다.

계획대로. 그것이 민허의 생각이었다.

수환과 그의 남은 소환수들과 마주한 라울의 양 손목이 밝게 빛나기 시작했다. 그것을 본 순간, 수환의 미간이 일그러졌다.

"뭐야, 저건."

아직 영문을 모르겠다.

그러나 이후, 어떻게 된 건지 바로 알아차릴 수 있었다.

파밧! 하는 효과음과 함께 라울의 주변에 다섯 개의 형상이 일렁였다. 이후, 라울과 같은 모습을 취했다.

그 모습을 본 수환이 자신도 모르게 외쳤다.

"부, 분신수가 재생성됐어?!"

정답이었다.

소멸되었던 여섯 개의 분신수가 다시 제 모습을 갖춘 것이다.

환영 팔찌의 분신술 스킬 쿨타임은 60초. 그러나 스켈레톤 킹과 대지 골렘, 새도우 울프는 60초보다 훨씬 더 긴 쿨타임을 지니고 있다.

즉, 그것들을 소환하고 싶어도 할 수 없다는 뜻이다.

그래서 민허는 일부러 소환수 쿨타임이 긴 것부터 노렸다. 분신수를 다시 소환해도 수환은 소환할 수 없는 그 시간을 만들기 위해서!

"설마 이걸 노리고!!"

이제야 민허의 노림수가 무엇인지 완벽하게 파악할 수 있었다. 그러나 때는 너무 늦었다.

"가자!"

민허의 손이 다시금 바삐 움직였다.

어떻게든 소환 시간을 벌어야 한다! 그러기 위해서라도 방벽을 쳐야 했다.

하나 방벽 스킬을 치기도 전에 여섯 명의 라울이 황급히 거리를 좁혔다.

'이래 가지곤 방벽을 쳐봤자 의미 없어!'

오히려 수환의 퇴로를 차단하는 꼴이 될 것이다.

민허는 방벽의 약점까지 정확하게 캐치하고 있었다. 완벽하게 계산된 플레이였다.

그래도 아직 경기가 끝난 건 아니었다.

'나도 공격해야 해.'

소환수들에게 재차 명령을 내렸다.

다크 메이지와 플레임 위치가 분전을 해보지만, 압도적인 차이를 극복할 수는 없었다.

하나둘씩 소멸되는 소환수들. 그럴 때마다 수환은 절망의 늪에 빠지는 듯한 기분을 느꼈다.

민허는 기어코 수환의 모든 소환수들을 소멸시키는 데에 성공했다.

라울의 분신수는 자그마치 여섯. 오수환은 본인의 소환사 캐릭터 하나만을 보유하고 있을 뿐이었다.

승패는 이미 결정됐다. 더 이상의 싸움은 무의미하다.

"……."

말없이 키보드 위에 손을 올린 수환이 결국 항복 선언을 했
다.

[나이트메어]오수환: GG

겨우겨우 올라온 본선 무대.
그러나 16강 진출의 꿈은 강민허라는 강적 앞에서 막히고
말았다.

제19장
최강자의 면모

강민허의 16강 진출 소식은 관객들을 들끓게 만들기에 충분했다.

처음 개인 리그 본선 무대를 밟은 선수가 오수환을 꺾다니! 물론 수환은 개인 리그에서 별다른 활약을 보여준 적 없는 프로게이머지만, 프로 리그에선 활약상이 대단했다.

기본적인 실력은 있다는 뜻이다. 이런 이유에서 승자 예측에서도 강민허보다 오수환이 더 높게 나왔다.

그러나 차이는 그리 크지 않았다.

오수환 55% VS 강민허 45%. 사실상 거의 비등하다고 보는 편이 옳았다.

그럼에도 불구하고 강민허는 모두의 불안한 생각을 뒤집어 버렸다.

2 대 0.

다시금 라울 스코어를 기록하면서 민허는 16강 자리에 당당히 자신의 이름을 올리는 데에 성공했다.

"끝났네."

헤드셋을 벗은 민허가 번쩍이는 무대를 바라봤다.

부스 문이 열리자마자 오 코치가 그를 얼싸안았다.

"잘했다, 잘했어! 민허야! 고생 많았다!"

"코치님, 숨 막혀요. 그보다 잠시만요. 할 일이 좀 있어서요."

민허는 진성처럼 승리의 감촉에 취하지 않았다.

부스 문을 열고 바깥을 나선 민허가 무대 한가운데를 가로질렀다. 세리머니라도 하려는 걸까? 하는 관객들의 생각을 불식시켰다.

그가 찾은 곳은 나이트메어 부스.

민허는 이제 막 개인 장비를 챙긴 채 부스 바깥을 나오던 오수환과 마주했다.

"고생하셨습니다, 오수환 선수."

"……."

민허가 먼저 인사를 하러 올 줄은 몰랐다. 지금까지 그런 모습도 보여준 적이 없었으니 더더욱 예상하기 힘들었다.

잠시 입을 굳게 닫고 있던 오수환이었으나, 이내 민허의 손을 마주 잡았다.

"재미있었습니다. 나중에 또다시 붙었으면 좋겠네요."

"저도요."

예의상 하는 발언이 아닌 진심이 담긴 말이었다.

소환사라는 희귀 클래스로 여기까지 올라온 게 참으로 대단하다. 민허도 수환의 실력을 이미 인정하고 있었다.

그저 수환은 운이 안 좋았을 뿐.

'환영 팔찌가 없었더라면 아마 더 힘들었겠지.'

민허는 속으로 그렇게 생각했다.

환영 팔찌가 제때 나와줬기 때문에 보다 쉽게 경기를 풀어 나갈 수 있었다. 만약 그렇지 않았더라면 민허도 승리를 장담할 수 없었을 것이다.

*　　　　*　　　　*

승자 인터뷰를 진행하기 위해 무대로 올라온 민허.

그 옆에는 붉은 드레스 차림의 화영이 마이크를 들고 나란히 서 있었다.

아직 차례가 안 넘어왔을 때, 화영이 민허에게 먼저 축하 인사를 건넸다.

"오늘 경기, 이긴 거 축하해."

"고마워."

"안 떨렸어? 나, 관계자들 하는 이야기 들었는데 민허 씨가 질 거라고 예상하는 사람들이 많더라고. 그래서 내심 너 떨어지는 거 아닌가 걱정했어."

"그거야 어디까지나 제삼자들의 의견이니까."

직접 경기를 플레이하는 당사자들만큼 경기에 대해 잘 아는 이는 없다.

민허는 오늘, 16강 진출을 직감했다. 1세트가 시작되었을 때 확신이 섰다. 그렇기에 자신감이 있었다.

서로 그렇게 사적인 이야기를 나누던 찰나에 화영에게 신호가 들어왔다.

카메라가 돌아가기 시작하자 화영이 바로 마이크를 들었다.

"오늘 16강 진출을 확정 지은 강민허 선수 모셔봤습니다! 큰 박수로 환영해 주세요!"

그녀의 지시에 따라 관중이 일제히 박수를 보내왔다.

민허의 오늘 플레이는 박수 받아 마땅하다. 관중도 그렇게 생각하는 모양인지 아낌없는 환호를 선보였다.

민허도 이들에게 고개를 숙이며 감사의 표현을 선보였다.

"승리의 비결은 뭐라고 생각하세요?"

"아무래도 환영 팔찌가 아닐까 생각합니다."

"제가 나름 조사를 해봤는데, 환영 팔찌가 공식전에서 나온 건 이번이 처음이라고 해요! 혹시 알고 계셨나요?"

"활용이 잘 안 되는 아이템이라는 것까지는 알고 있었는데, 한 번도 나온 적 없다는 건 오늘 화영 씨한테 처음 듣네요."

좋은 아이템임에는 틀림없지만, 분신술보다 더 좋은 스킬들이 더 많았다. 그래서 대다수의 유저들은 분신술에 투자할 스킬 포인트 여유분도 없었다.

분신술을 제대로 활용하려면 스킬 포인트를 무려 다섯 개나 투자해야 한다.

그러나 민허는 어차피 쪼렙 캐릭터를 다루기도 하고, 마땅히 투자할 만한 스킬도 보이지 않아 일부러 분신술에 투자를 했다.

그 노력이 오늘, 빛을 보게 된 것이다.

"강민허 선수가 16강에 진출함으로 인해 모든 대진표가 완성되었어요. 다음에 붙을 선수가 누군지 알고 계신가요?"

"나이트메어의 서예나 선수로 알고 있습니다."

그녀와 PvP로 맞붙은 적은 없었다.

힐러. 참으로 애매한 포지션이다.

소환수보다도 더 희귀 클래스라 불리는 직업이다. 싸우는 방식도, 스타일도 여타 다른 직업에 비해 너무나도 다르다.

상대적 약캐라 불리는 힐러지만, 예나는 남들이 쉽게 접할 수 없다는 레어함을 무기로 좋은 성적을 유지하는 중이었다..

희귀 클래스가 보유하고 있는 몇 안 되는 장점이기도 하다. 민허 입장에선 오늘의 승리를 마냥 기뻐할 수만은 없었다.

"마지막으로 응원해 주신 팬분들에게 한마디 해주세요."

"절 응원하고 지켜봐 주시는 분들에게 늘 고마운 마음뿐입니다. 그리고 오늘 오랜만에 방송 켤 예정이니 개인 방송에도 많이 와주세요!"

인터넷 방송을 언급하자, 팬들의 목소리가 다시금 커지기 시작했다.

물론 아직 허 감독에게 방송 촬영 허가를 구하진 않았다.

그래도 일단 지르고 본다. 그것이 민허의 방식이었다.

*   *   *

수환이 대기실로 돌아오자 대화 빈도가 급격하게 줄어들었다.

이들은 수환이 오늘의 경기를 위해 얼마나 많은 연습과 노력을 했는지 잘 알고 있었다. 그래서 뭐라 더 할 말이 없었다.

하나 수환의 얼굴은 생각보다 밝았다.

"다들 제 눈치 보려고 하지 마세요. 전 아무렇지도 않으니까요."

연습을 도와준 서진창이 그에게 다가왔다.

"그래. 넌 충분히 노력했어. 그리고 프로게이머 인생, 오늘로 끝나는 것도 아니잖냐. 앞으로 더 열심히 하면 되는 거야."

"그 말이 맞는 거 같아요."

세상은 넓고, 아직 수환이 모르는 강자는 더 많다.

비록 한참 후배한테 진 꼴이 된 셈이지만, 그래도 수환은 한 점 부끄럼 없었다.

오늘의 경기는 자신이 가지고 있는 모든 전력을 내쏟은 경기였다.

아쉬움이 남을지언정, 후회는 남지 않았다. 좀 더 정진하고자 하는 생각으로 가득 찼다.

그때, 예나가 걱정하지 말라며 16강 경기에 대한 포부를 밝혔다.

"다음 경기에서 확실하게 복수해 줄 테니까 너무 그렇게 기죽지 마."

"글쎄. 과연 그럴 수 있을까."

수환도 민허와 붙어보기 전까지는 예나와 같은 마음가짐이었다.

그러나 경기가 진행될수록, 세트가 거듭될수록 수환은 민허의 강함을 인정할 수밖에 없었다, 아니, 인정하지 않으면 안 됐다.

"강민허는 네가 생각하는 것 이상으로 강해. 그것만 알아 둬."

"흥, 그래봤자지."

수환의 진심 어린 조언에도 예나의 투기심은 여전히 활활 타올랐다.

어차피 결과는 머지않아 정해질 것이다.

강민허가 웃느냐, 서예나가 웃느냐.

그 해답은 오로지 승리의 여신만이 알고 있지 않을까.

*   *   *

16명의 개인 리그 진출자 중 ESA 3명의 프로게이머가 이름을 올렸다.

만년 꼴찌 팀이라 불리던 ESA였기에 이러한 성과는 스폰서 입장에서도 기분이 좋을 수밖에 없었다.

요즘 들어 스폰서 미팅만 가지면 좋은 소리만 듣는 허 감독으로선 괜찮은 현상이었다.

그러나 이럴 때일수록 더욱 조심해야 한다. 고꾸라지는 건 밑바닥이 아닌 정상에서 발생하는 법이니까.

개인 리그도 중요하지만, 머지않아 열릴 프로 리그도 신경을 써야 한다.

ESA 팀 선수들 전원을 불러 모은 허 감독이 프로 리그에 관한 공지 하나를 언급했다.

"저번에 너희들한테 미리 통보했다시피 이번 R 리그는 철저하게 성적 위주로 엔트리를 짤 거다. 주전에 들고 싶으면 그만큼 높은 성적을 보여주면 된다."

선수들이 고개를 끄덕였다.

예고된 바였기에 그리 크게 놀랄 만한 일도 아니었다. 그리고 허 감독이 누구를 염두하고 있는지도 이미 다 알고 있었다.

"R 리그가 개막되면 초창기에는 당분간 최승헌, 성진성, 강민허. 이 세 명을 주전 멤버로 짤 거다."

2군 출신이 두 명이나 있다!

1군 입장에선 불만이 없을 리가 없다. 그러나 민허와 진성은 16강에 진출하는 기염을 토해냈다. 1군 프로게이머도 달성하기 힘든 업적이다.

그러니 인정할 수밖에 없었다.

한편, R 리그 주전 멤버로 뽑히게 된 진성은 남몰래 자신의 허벅지를 꼬집었다.

전해지는 고통이 꿈이 아닌 현실임을 알려왔다.

그 와중에 허 감독의 말이 계속해서 이어졌다.

"앞으로도 성적에 따라 엔트리를 짤 예정이니 그리 알도록."

"예, 알겠습니다."

감독의 말은 절대적이다.

선수들이 허 감독의 결정에 왈가왈부할 단계는 아니었다. 결정권은 허 감독에게 있었기에 불만이 있다 하더라도 그의 의사에 따르는 수밖에 없었다.

"자, 그럼 해산."

"아, 감독님! 잠깐만요."

나 코치가 허 감독의 말을 잘랐다. 아직 공지 사항이 더 남은 듯했다.

"R 리그 시작되기 전에 MT 갈 기니까 스케줄 미리들 다 조정해라. 이번에는 나이트메어 팀이랑 같이 갈 거다."

나이트메어와의 합동 MT 소식에 선수들의 표정은 제각각이었다.

그쪽에 친분 있는 사람이 있는 선수들은 달가운 얼굴을, 전혀 면식이 없는 선수는 그러려니 하는 무표정을 지었다.

공지 사항이 끝났음을 확인한 선수들이 각자의 자리로 돌아가기 시작했다. 그 전에 민허가 서혼을 찾았다.

"혹시 바빠?"

"나? 아니, 한가하… 지 않다. 왜냐고? 이 몸을 찾는 여자들이 너무 많아서 말이야. 데이트 신청이 너무 많아서 연락도 다 끊고 잠적하고 싶은 기분이라니까. 후후후."

"잠적할 거면 연습실에서 잠적해. 나 도와줄 겸해서."

"너를? 내가? 왜?"

"다음 상대가 예나거든."

힐러 클래스의 서예나를 상대하기 위해서라도 연습 상대 역시 힐러 클래스가 아니면 안 된다.

ESA 팀에선 거의 유일무이한 힐러 유저가 서혼이었기에 그에게 부탁을 해야 했다.

"난 좀 바쁜데."

"바쁘긴. 개인 리그 나가는 것도 없고, 프로 리그 엔트리 명단에도 없잖아."

"그러니까 데이트 때문에……."

"연습 도와주면 여자 소개시켜 줄게."

"진짜?!"

순간 서혼의 눈빛이 반짝였다. 그를 매수하는 건 진성보다도 더 쉬웠다.

"어쩔 수 없지. 바쁜 남자, 서혼. 곤란에 처한 전우를 위해 도움을 주도록 하마!"

"그래. 눈물 나게 고맙다."

"그럼 연습은 언제……."

"잠깐만."

이야기 도중에 전화가 걸려왔다.

잠시 대화를 중단한 민허가 상대방 이름을 확인하자마자 바로 숙소 바깥으로 향했다.

이화영이었다.

"무슨 일이야?"

―민허 씨, 다음 주 스케줄 어때?

"화요일 빼고 한가해."

―화요일은 왜?

"도백필 선수 경기 있는 날이거든. 직관하려고."

―그럼 그 이외는 한가해?

"어. 왜?"

민허의 경기는 한 달 뒤에 있다. 여유라면 넘치고 넘친다.

―혹시 아르바이트 해볼 생각 없는지 물어보려고.

"뜬금없이 무슨 아르바이트."

―방송 출연. 게스트로. 어때?

"이번에도 TPG야?"

―아니. 좀 달라.

잠시 호흡을 고른 화영이 놀랄 만한 단어를 언급했다.

―공중파 출연인데. 나올 수 있어?

조금 다른 수준이 아니었다.

공중파 출연 제의에 순간 멍해졌다.

"내가? 공중파를? 왜?"

─PD님이 격투 게임 고수를 찾고 있거든. 물어보니까 마침 게임도 트라이얼 파이트라 하더라고. 민허 씨, 세계 챔피언이 잖아?

"은퇴했는데."

─그래도 우리나라 게이머 중에서 세계 대회 재패했던 사람은 아무도 없었으니까. 내가 알고 있는 한, 민허 씨가 유일하다고 들었는데. 맞지?

"어."

─그냥 와서 연예인들한테 게임 알려주면 돼. 어때, 간단하지?

화영의 말마따나 들은 걸로만 판단한다면 간단한 축에 속했다.

그러나 공중파에서 게임이라니. 별일이었다.

"리오가 아니라는 게 좀 의외네. 대중성으로 따진다면 리오 아니야?"

─리오는 캐릭터를 육성해야 한다는 점 때문에 탈락한 거 같아. 반면 격투 게임은 콤보 몇 개만 익히면 그래도 좀 할 수 있잖아? 게다가 게임 시스템에 대해 깊게 알지 못해도 충분히 할 수 있고.

"하긴. 때려서 이기면 그만이니까."

게다가 트라이얼 파이트는 지금 30~40대에게 추억의 게임으로도 널리 알려져 있는 시리즈다. 트라이얼 파이트 1이 나왔던 시기가 90년대 초반이라는 점을 감안하면, 이 게임에 추억을 가진 이들도 꽤 될 터.

—트파 제작사 측에서도 공식으로 허가받았다고 하니까 이제 민허 씨만 오케이하면 돼.

"알았어. 일단 감독님한테 물어보고 연락 줄게."

—응. 그리고 나도 게스트로 나갈 거니까 기왕이면 민허 씨도 나왔으면 좋겠어.

그건 민허도 마찬가지였다.

나 홀로 공중파에 나가면 어색하기 그지없을 것이다. 그나마 아는 이랑 같이 무대에 서는 편이 민허에게도 좋아 보였다.

* * *

"뭐? 공중파?"

"네. 화영 씨한테 연락 왔어요."

"어느새 둘이 전화번호 교환했냐."

"그냥 그런 일이 있었어요."

이 이상은 사생활에 연관되어 있었다. 제아무리 허 감독이 이끄는 팀에 소속된 선수라 하더라도 프라이버시까지 침해할 권한은 없었다.

"뭐, 그건 그렇다 치고. 여하튼 공중파라……"

지금까지 허 감독이 데리고 있던 선수 중에서 공중파에 출연한 이력이 있는 선수는 단 한 명도 없었다.

기껏 해봤자 TGP에서 방영되는 게임 프로그램에 몇 번 나갔던 적이 전부다. 그런데 뜬금없이 공중파 출연이라니.

"어떻게 할까요? 감독님."

오 코치가 허 감독의 의견을 물었다.

"나가도 괜찮겠지."

"정말요?"

"응."

고민이라고 할 것도 없이 바로 결정을 내렸다.

"프로게이머가 공중파에 자주 얼굴을 비추는 건 그만큼 대중들에게 게임이라는 걸 알리는 홍보 수단도 되니까. 이 판이 넓어지면 우리도 좋고. 게임 회사들도 좋고. 일석이조지. 그리고 프로게이머의 공중파 출연 전례가 없던 것도 아니잖아?"

"하긴, 그렇죠."

프로게이머 출신 중에서 지금은 방송인으로 활동하는 사람들도 꽤 있었다. 숫자 '2'와 깊게 연관되어 있는 전직 프로게이머 출신도 있고 말이다.

그래도 수순이라는 게 있지 않은가.

"스폰서한테 먼저 자문을 구해야 하지 않을까요."

오 코치가 간만에 바른 소리를 했다. 그러나 허 감독은 스폰서와의 협의가 큰 장애라고 생각하지 않았다.

"그쪽도 분명 오케이 할 거야. 우리 선수를 공중파에 내보내는 것만큼 홍보 효과가 뛰어난 것도 없으니까. 민허야. 프로그램 이름이 뭐라고 했지?"

"'도전자들'이요."

"프로그램도 어느 정도 인지도 있고. 괜찮을 거 같은데."

금요일 저녁 11시에 방영되는 프로그램으로서, 연예인들이 나와 다양한 직업들을 직접 체험해 보고 경험하는 내용의 프로그램이다.

매회당 테마가 달라지는데, PD가 계획하는 다음 회차가 프로게이머 편이다. 요즘 한창 잘나간다는 로인 이스 온라인을 선택하면 참으로 좋겠다만, 화영이 말했던 대로 캐릭터 육성이라는 부분에서 시간을 너무 잡아먹는다는 이유로 결국 트라이얼 파이트 시리즈를 택하게 되었다.

만약 로인 이스 온라인이 종목으로 채택되었다면, 섭외는 민허가 아닌 도백필 쪽으로 갔을 것이다. 제아무리 민허의 인지도가 올라왔다고 하지만, 아직까진 도백필을 뛰어넘을 수 없었다.

'그러고 보니 경기도 보러 가야 하는데.'

도백필의 경기가 얼마 남지 않았다.

16강 첫 번째 경기의 포문을 장식하게 될 경기는 민허의 입장에선 놓치고 싶지 않았다.

잠시 다른 생각을 하는 동안, 허 감독이 재차 입을 열었다.

"아무튼 스폰서한테는 내가 말을 전해두마. 민허, 너는 화영 씨한테 오케이라고 미리 말해둬."

"예, 알겠습니다."

이렇게 해서 민허의 공중파 출연이 결정되었다.

＊　　　　＊　　　　＊

허 감독의 말대로 스폰서는 아주 무난하게 민허의 방송 출연에 동의를 했다. 오히려 스폰서 측에서 제발 민허보고 스케줄이 허락하는 한 나가달라고 부탁을 할 정도였다.

민허의 방송 출연 결정에 화영도 기쁨을 표했다.

16강 경기가 열리는 첫날. 민허는 대기실에서 화영과 방송에 대해 이런저런 이야기를 나눴다.

"조만간 민허 씨한테 작가님이 연락을 줄 거야. 그때 궁금한 거 있으면 물어보면 돼."

"알았어."

"근데 이거 물어보려고 여기까지 온 거야?"

오늘은 민허의 경기가 없는 날이다. 그럼에도 불구하고 민허는 직접 이곳 TGP 스타디움까지 방문을 했다.

내심 '나 보러 온 건 아닐까' 하는 기대감을 가져보는 화영이었으나, 민허의 대답은 그녀의 기대감을 배신했다.

"그것도 있고. 도백필 선수 경기도 볼 겸해서."

"아… 그랬었지."

뒤늦게 민허와 도백필의 라이벌 관계를 떠올렸다.

라이벌이라 불리고 있음에도 불구하고 두 사람은 신기하게도 단 한 번도 붙어본 적이 없었다.

좀처럼 기회가 나지 않았다. 그래서 더더욱 이번 개인 리그에 많은 관심이 집중되었다.

"그럼 난 방송 준비하러 가볼게."

"어. 힘내."

화영에게 응원의 말을 건네준 뒤, 민허는 곧장 관중석으로 향했다.

오늘 경기를 관람하러 온 사람은 민허 혼자만이 아니었다.

그와 함께 16강 진출에 이름을 올린 성진성도 함께했다.

"민허야, 여기다."

진성이 손을 들고 자신의 위치를 알렸다. 민허의 등장에 관중석이 크게 술렁였다.

"강민허 선수 아니야?"

"진짜네!"

"대박, 레알 강민허야!"

"도백필 경기 보러 온 건가?"

"두 사람, 라이벌이니까."

민허가 현장 관람을 온 적은 거의 없다시피 했다. 웬만하면 집에서 경기를 보곤 했지만, 도백필에 관련된 일이라면 달랐다.

자리를 잡은 후에 대형화면으로 시선을 집중시켰다.

오늘 도백필과 경기를 치를 선수는 황호연. 풍림 오아시스에 소속되어 있으며, 준수한 성적을 꾸준히 유지하는 5년 차 프로게이머다.

클래스는 격투가. 민허와 같은 직업이었기에 관심을 가질 수밖에 없었다.

도백필의 직업은 마검사다. 힐러, 소환사 다음으로 천대받는 직업 중 하나다. 유저들에게 사랑받지 못하는 이유는 매우 간단하다.

물리, 마법. 두 가지 분야 중 어느 한 곳에 집중하지 않고 어중간하게 양다리를 걸치는 직업이기 때문이었다. 그 덕분에 물리 공격에선 전사, 격투가에게 밀리고 마법에선 마법사, 정령사, 소환사에게 밀린다. 그래서 마검사를 키우는 유저는 극소수다.

이런 희귀 클래스를 가지고 로인 이스 온라인의 정점에 올랐으니, 게임 팬들의 인기를 독차지할 수밖에 없었다.

물론 다른 의미로 그보다 더 희귀한 존재가 있었다.

바로 5레벨로 A 리그, 개인 리그 16강 이상의 성적을 거둔 강민허가 그 주인공이다.

마검사보다도 더 희귀한 존재라 불리는 강민허. 그가 다루는 라울은 도백필의 마검사보다도 더 미스터리한 존재였다.

경기가 시작되기 전에 승자 예측 결과가 먼저 나왔다.

예측 결과를 보자, 관중석에서 탄식이 터져 나왔다.

도백필(99%) VS 황호연(1%).

"거의 몰빵이네."

"그러게 말이야."

민허가 진성의 말에 깊은 공감을 표했다. 중계진들도 이런 결과는 예상치 못한 모양인지 점점 목소리 톤을 높여가기 시작했다.

"세상에! 이 게임 중계 맡은 게 꽤 됩니다만, 이런 승자 예측 결과는 처음 봅니다!"

"99 대 1이라니. 황호연 선수도 나름 한가락 하는 선수인데, 자존심 많이 상하겠네요."

"오늘 과연 1%의 기적이 벌어질 수 있을지! 기대해 보겠습니다."

일방적인 경기는 TGP 측에서도 별로 좋지 않다. 치열한 공방전이 오고 가야 보는 맛이 있지 않겠나.

그러나 도백필은 방송사의 사정을 전혀 고려해 주지 않았다.

경기가 시작되자마자 도백필의 폭풍과도 같은 공세가 이어졌다.

격투가 클래스의 가장 큰 단점은 원거리 공격 수단이 거의 없다는 점이다. 그것을 절묘하게 파고든 도백필은 여유롭게 상대방과의 거리를 유지하며 일방적인 공세를 펼쳐갔다.

"아!! 황호연 선수! 손 한번 내뻗지 못하고 있습니다!"

"아무리 마검사 딜이 어중간하더라도 이런 식으로 계속 당하기만 하면 안 되죠!"

"대미지 계속 누적됩니다! 황호연 선수, 이대로 GG 선언할 거 같군요!"

중계진의 예언이 그대로 적중했다.

결국 도백필의 일방적인 공격을 견디지 못한 황호연은 HP 10을 남기고 스스로 포기를 선언했다.

더 이상 시간을 끌어봤자 승산도 없고, 본인 멘탈만 망가지는 꼴이 되기 때문에 일부러 빠른 GG를 선언한 것으로 보였다.

그러나 민허가 보기엔 그것도 부질없는 짓으로 느껴졌다.

"그래봤자 결과는 뻔하지."

"다음 경기도 도백필 선수가 이길 거 같아?"

"어. 이번에는 100%로."

진성의 물음에 민허는 딱 잘라 자신의 소신을 밝혔다.

1%의 가망도, 희망도 없다. 그만큼 도백필은 강하다.

물론 황호연도 실력 있는 프로게이머임에는 틀림이 없었다. 그러나 그런 선수조차도 도백필에게 단 한 번의 유효타조차 날리지 못했다.

완벽한 거리 조절은 마치 계산오차 하나 없는 인공지능을 연상케 했다.

퍼펙트(Perfect)! 이 단어만큼 도백필과 잘 어울리는 말은 없을 것이다.

오차라고는 찾아볼 수 없는 완벽한 플레이. 두 번째 경기에도 여전히 도백필의 결점 없는 플레이는 계속되었다.

"황호연 선수! 위기입니다!"

"이 세트 내주면 16강 탈락입니다, 탈락!!!"

절체절명의 순간이 찾아왔다. 일발 역전을 노려보는 황호연이었으나, 이미 그의 동공은 크게 흔들리고 있었다.

심리적인 압박감이 크다. 1세트에 이어 2세트에서조차도 제대로 된 공격을 먹이지 못했다.

마지막에 마지막까지 발버둥을 쳐봤지만, 도백필의 완벽한 경기 운영을 넘을 순 없었다.

"GG!!!"

"도백필 선수, 가장 먼저 8강에 입성합니다!"

"정말 대단하네요! 32강에서도 그렇고, 오늘 16강 경기에서도 그렇고. 지금까지 도백필 선수, 상대방에게 단 한 번의 공격도 허용하지 않았습니다!"

그의 완벽함에 중계진들도 혀를 내둘렀다.

일방적인 경기였다. 그러나 그 어떤 경기보다도 긴장감 있었다.

범접할 수 없는 완벽함! 그 모습에 절로 경의를 표하고 싶은 기분이었다.

부스 안에서 나온 도백필이 오른손을 번쩍 들었다. 이윽고 관중석에서 환호가 울려 퍼졌다.

한편, 의미심장한 한숨을 내쉰 민허가 난색을 표했다.

"이거… 생각보다 어렵겠어."

도백필의 경기가 있었던 날의 저녁.

그날은 SNS, 커뮤니티들이 하루 종일 뜨겁게 불타오르는 날이기도 했다.

도백필은 예전부터 완성형 프로게이머라는 별칭을 듣고 있는 선수였다. 완벽한 플레이, 퍼펙트한 승리. 그것이 도백필의 상징이다.

이번에도 이변은 없었다. 황호연이 고군분투를 해봤지만, 예정된 결과는 달라지지 않았다.

숙소로 돌아오자마자 컴퓨터 앞에 자리를 잡은 민허는 새벽 2시가 다 되어감에도 불구하고 모니터에 시선을 고정시킨 채 부동자세로 앉아 있었다.

연습하다가 졸음이 쏟아진 진성이 화장실로 가 치약 묻힌 칫솔을 입에 문 채 민허에게 다가갔다.

"안 자냐."

"이것만 보고."

"뭔데. 야동이라도 봐?"

"그것보다 훨씬 더 인생에 도움이 되는 영상이야."

"그래?"

호기심이 든 진성이 민허의 어깨 너머로 같이 모니터 화면을 응시했다.

재생되는 영상을 보자마자 진성의 얼굴에 약간의 실망하는 낌새가 감돌았다.

"이거, 오늘 본 거잖아."

TGP 스타디움에 가서 봤던 도백필의 오늘치 경기 영상이었다.

이미 봤음에도 불구하고 민허는 고도의 집중력으로 영상을 계속 시청했다.

"너, 그거 몇 번이나 돌려 봤냐."

"몰라. 기억도 안 나. 숙소 오고 나서 계속 봤으니까 최소 두 자릿수는 되겠지."

"징하다, 징해. 안 지겹냐."

"지겹다기보다는 신기하지 않아?"

"뭐가."

"도백필은 어떻게 저렇게 완벽한 경기 운영을 보여줄 수 있는 걸까. 궁금하잖아."

그는 민허와 완전 다른 스타일이었다.

민허의 경기는 아슬아슬한 줄타기와 같다. 모르는 사람이 보면 일부러 경기를 지려고 하는 건가라는 생각이 들 만큼 무모한 때도 있었다. 그러나 도백필의 스타일은 철저하게 안전 지향형, 그리고 완벽한 승리를 추구하는 플레이다. 민허와 하늘과 땅 차이였다.

잠시 양치질을 멈춘 진성이 자신의 생각을 들려줬다.

"뻔하잖아. 도백필 선수의 재능이겠지."

"재능이라……."

"열받긴 하지만, 어쩔 수 없어. 재능의 유무는 노력으로 극복하기 힘든 거니까. 인정할 건 인정하는 게 속 편해. 그래야 본인이 고통받지 않고 끝나니까."

민허와 처음 대결을 펼칠 때, 진성이 딱 이런 느낌이었다.

타입은 다르지만, 민허도 재능을 가지고 있다.

압도적인 피지컬! 그리고 비상한 두뇌 회전! 게임에 필요한 적재적소의 요소들을 민허는 적절히 가지고 있었다.

그래서 내심 궁금하기도 했다.

재능러와 재능러의 충돌. 과연 누가 승리를 거두게 될 것인가.

하나 그 전에 민허에게 꼭 하고픈 말이 있었다.

"잠이나 자라. 그러다가 내일 늦게 일어날라."

"30분만 더."

지금 당장 잘 생각은 없었다.

민허에겐 크나큰 미션이 있었다. 결승전에 올라가 도백필과 만나기 전까지 그를 쓰러뜨릴 파훼법을 떠올려야 한다.

그러나 아직까지 마땅한 방법이 보이지 않았다.

완벽함을 깨뜨릴 수 있는 수단이 뭐가 있을까.

'고민 좀 더 해봐야겠는데.'

그렇게 30분만 더 보겠다고 했던 민허는 결국 아침 해가 떠오르는 걸 보고 나서야 잠에 들 수 있었다.

*   *   *

개인 리그 16강이 계속해서 진행되는 와중에 민허는 다른 일정을 소화해야 했다.

오늘 오후 3시에 있을 '도전자들' 촬영에 나서야 한다.

민허의 일일 매니저 역할을 담당하기로 한 오진석 코치가 운전대를 잡은 채 강남으로 향했다.

"방송국 측에서 들은 거, 얼추 기억하지?"

"네."

사전에 미리 프로그램 진행 순서와 대본을 받아본 민허. 봤을 때, 딱히 어려워 보이는 건 없었다.

도전자들의 이번 회차 콘셉트는 간단했다.

화영을 비롯한 연예인 출연진들에게 트라이얼 파이트 7을 알려준다. 이후, 미션을 걸고 연예인들이 게임에 임한다. 미션에 성공하면 소정의 상품을, 실패하면 벌칙을 받고 마무리된다.

한동안 로인 이스 온라인에 올인하다시피 했던 민허였기에 트라이얼 파이트 7을 소재로 방송한다는 말을 들었을 때에는 긴가민가했었다.

어제 가정용 비디오 게임기로 트파 7을 살짝 건드려 봤었다. 여전히 실력은 죽지 않고 남아 있었다.

클래스는 영원하다. 민허가 딱 그러한 케이스였다.

"가는 데 좀 걸리는데, 잠이라도 미리 자둬. 최근에 너, 밤 늦게까지 연습하고 그러잖아."

오 코치가 걱정에서 우러나온 충고를 들려줬다.

도백필의 최근 경기를 보고 나서 민허는 충격을 받았다.

그는 한층 더 완벽한 존재로 거듭났다. 어떻게든 빈틈을 찾아 그 완벽함을 무너뜨리려 했던 민허였으나, 그 틈은 점점 좁아지고 있었다.

안달이 날 수밖에 없었다. 그래서 민허는 예전보다 더 많은 시간을 연습에 투자했다.

그 덕분에 되레 앓는 소리를 내는 인물은 서혼이었다. 민허의 연습 상대가 되어주겠다고 졸지에 약속을 해버린 탓에 본인 경기가 없음에도 불구하고 평소보다 더 많은 연습량을 소화해야 했다.

이래서 사람은 함부로 말을 내뱉으면 안 된다. 서혼은 이번 기회에 그 점을 여실히 깨달았다.

허언증 환자이긴 하지만, 그래도 책임감은 있는 모양인지 용케도 도망치지 않고 계속 민허를 도와주고 있다.

연습에 TV 출연까지. 바쁜 일정임에도 불구하고 민허는 그리 피곤한 모습을 보이지 않았다.

오 코치가 한숨 자라는 제안을 했으나 민허는 그 시간 동안 서예나의 플레이 영상을 모니터링했다.

'힐러의 전투 스타일은 좀처럼 보기 힘들지.'

자료를 구하는 것조차도 어렵다. 민허가 구한 힐러전 영상 중 과반수는 서예나의 것이라 해도 과언이 아니었다.

그래도 그만큼 예나와 관련된 자료들만 집중해서 구할 수 있었다는 점에 의의를 두고 싶었다.

쪼렙 격투가 클래스와 힐러의 대결. 게임 팬들은 이거야말로 한 치 앞도 예상하기 힘든 대결이라고 입을 모았다.

동시에 민허의 TV 출연에도 많은 관심이 집중되었다.

이미 개인 방송을 통해 방송이라는 것이 어느 정도 몸에 익었다. 덕분에 두려움과 걱정은 훨씬 덜했다.

촬영 장소는 방송국이 아닌 강남의 모 카페였다. 이곳에서 특별 스테이지를 만들어 방송을 진행할 예정이었다.

사전에 ESA가 자주 애용하는 미용실에 들러 머리를 하고, 메이크업까지 전부 다 받아뒀다. 곧장 녹화에 참여할 수 있는 상태로 등장했다.

카페 안으로 들어서자, 몇몇 스태프가 민허를 알아봤다.

"PD님! 강민허 선수 오셨어요."

"오, 그래?!"

다다다다!

빠른 걸음으로 카페 입구까지 마중을 나온 류호영 PD. 눈 밑에 다크서클이 잔뜩 가라앉은 모습이 인상적인 남성이었다.

"반갑습니다, 강민허 선수! 류호영이라고 합니다."

"강민허입니다. 이쪽은 저희 코치님으로……"

"오진석이라고 합니다!"

진석이 스스로 나서서 자신을 소개했다.

그렇게 두 남자와 인사를 나눈 류호영의 입가에 함박웃음이 피어올랐다.

그가 이렇게까지 과도하게 민허를 반기는 것에는 이유가 있었다.

화영에게 들은 바에 의하면 류호영 PD의 취미 중 하나가 격투 게임, 트라이얼 파이트 7 플레이라고 했다. 그 때문에 류 PD는 민허가 로인 이스 온라인 게이머로 전향하기 전부터 그의 팬이었다. 그래서 일부러 게임도 트라이얼 파이트로 고르게 된 것이다.

류 PD가 민허를 안쪽으로 안내했다.

"다른 출연진분들도 이미 와 있습니다. 소개해 드릴게요."

"감사합니다."

"그리고 조금 이따가 사인도 좀 부탁드려도 될까요?"

"물론이죠. 말씀만 하세요."

"오오오! 감사합니다!! 자손 대대로 물려주겠습니다!"

"그건 좀……."

오버하는 류 PD와 함께 카페 안으로 들어섰다. 그곳에는 대본 리딩 중이던 출연진들이 이미 본인의 자리에 앉아 있었다.

"어흠! 여러분들. 강민허 선수 오셨습니다."

"아!"

"우와, 반갑습니다!! 완전 팬이에요!"

붙임성 좋은 뽀글이 파마의 남성이 격하게 민허에게 포옹을 시도해 왔다. 제법 요란한 환영 인사에도 불구하고 민허는 침착하게 마주 포옹에 응했다.

반면, 안경을 쓴 점잖은 인상의 남성이 뽀글이 남성을 말렸다.

"야야. 초면에 무슨 짓이야."

"이런, 죄송합니다. 저도 모르게 감정이 격해져서 그만……."

"아니요, 괜찮습니다. 오히려 기뻐해 주시니 고맙습니다."

안경 쓴 남자의 이름은 유민호로, 대한민국 예능계에서 독보적인 인지도를 자랑하는 최고의 MC로 알려져 있었다. 도전자들에서 메인 MC를 맡고 있다.

뽀글이 파마는 장나만. 가수 겸 예능인으로 활동하고 있으며, 유민호의 서브를 자청하는 사람이기도 하다. 방금 전에 보여준 모습처럼 프리한 언행을 자랑한다.

조신한 오라를 뽐내며 조심스럽게 민허에게 인사를 건네는 젊은 미인은 표서현. 요즘 한창 뜨고 있는 신인 여배우로 장르 가리지 않고 다양한 게임을 좋아한다고 알려져 있다.

마지막으로 민허와 이미 구면인 이화영까지. 4명의 출연진들이 민허의 방문을 반겼다.

"오느라 고생했어, 민허 씨."

화영이 민허와 친근함을 뽐냈다. 그러자 장나만이 부러움을 담아 물었다.

"화영 씨, 민허 씨랑 많이 친한가 봐요?"

"네. 사적으로도 자주 만나고 그래요."

"그럼 혹시… 그렇고 그런 사이?"

새끼손가락을 들어 보이는 장나만의 행동에 유민호의 태클이 바로 들어왔다.

"얌마. 아까 내가 했던 말, 바로 까먹었냐."

"그럴 수도 있죠, 형님. 혹시 또 모르잖아요. 이번 기회에 특종 하나 잡을지도."

"그런 건 기자분들한테 맡기면 되는 거고. 괜히 너 때문에 이상한 소문나서 두 분 불편하게 만들지나 마라. 죄송합니다, 화영 씨. 민허 씨. 제가 대신 사과드리겠습니다."

"에이. 민호 형님, 너무 딱딱하시네. 농담이잖아요, 농담."

"농담도 정도가 있는 거야."

이렇게 보여도 유민호와 장나만, 두 사람은 평상시에도 형님, 아우 하는 친한 사이다.

이들을 아는 사람이라면 평소의 대화 패턴이라고 생각하며 넘기겠지만, 모르는 사람이 본다면 혹시 저러다가 싸우는 거 아닐까 하는 걱정도 들 것이다.

그러나 화영도, 민허도 이미 들은 바가 있었기에 후자가 아닌 전자임을 충분히 감안할 수 있었다.

그렇게 서로 인사를 나누는 가운데에, 류 PD가 상황을 정리하기 시작했다.

"자자! 곧 녹화 시작할 테니까 게스트분들은 잠시 나와주세요."

"네!"

게스트는 민허와 화영, 두 사람이다.

유민호와 장나만은 고정 출연진이고, 표서현은 반 고정 느낌으로 가고 있었다.

잠시 카메라 바깥으로 나온 두 사람. 그 사이에 류 PD가 녹화 시작을 알렸다.

"하이, 큐!"

"시청자 여러분, 안녕하십니까. 대한민국 모든 직업군을 체험해 보는 그날까지 우리들의 도전은 계속 된다! 도전자들의 체험 대장, 유민호입니다."

방송 시작 멘트만 들어도 유민호의 진행이 얼마나 안정적인지 알 수 있었다.

'역시 괜히 대한민국 최고의 MC라 불리는 게 아니구나.'

도백필이 로인 이스 온라인의 최강자라 한다면, 유민호는 예능계에 있어서 최강자라 할 수 있었다.

며칠 간격으로 최강자라 불리는 존재만 두 명이나 접하니, 뭔가 신기한 기분이 들었다.

도전자들의 첫 시작은 기존 출연진들의 만담으로 꾸며진다.

유민호와 장나만, 표서현. 이렇게 셋이 그간의 근황을 서로 묻는 등 잡담으로 분위기를 띄운다.

콩트 비슷한 분위기도 자체적으로 연출했다. 자연스럽게 이런 분위기를 만드는 것만으로도 절로 존경심이 들 정도였다.

'예능인은 확실히 뭔가 다르구나.'

게임에 문외한 사람들이 프로게이머의 화려한 컨트롤을 봤을 때에도 이런 기분이 아닐까.

그런 생각이 들었다.

잠시 동안의 잡담 시간이 끝난 후, 유민호가 화제를 전환했다.

"오늘의 테마, 게임에 어울리는 게스트 두 분을 모셨습니다. 어서 오세요!"

유민호의 멘트에 따라 가장 먼저 화영이, 그다음으로 민허가 입장했다.

"호우!!"

장나만이 하이 텐션의 구호를 외치면서 열화와 같은 박수를 보내왔다. 스태프들도 박수를 쳐준 덕분에 한동안 박수 소리만으로 오디오를 채울 수 있었다.

"간단하게 자기소개 부탁드릴게요."

"안녕하세요. 아나운서 이화영이에요."

"프로게이머 강민허입니다."

두 사람의 등장에 분위기가 다시금 후끈 달아올랐다.

이번에도 역시나 장나만의 오버는 빠지지 않았다.

"강민허 선수! 완전 내 우상! 대박!"

"어허! 게스트분한테 무슨 짓이야. 저리 좀 떨어져."

유민호가 장나만을 밀쳐냈다. 헐리웃 액션을 선보이며 뒤로 나가떨어지는 시늉을 하는 장나만. 예능 초보인 민허가 봐도 이 부분에선 웃음소리 효과음이 들어가야 하는 부분이라는 걸 알아차릴 수 있었다.

편집의 힘을 믿어보는 수밖에.

"아니, 반가운 척도 못 합니까?"

"너만 반가워하고 있잖아, 지금."

"강민허 선수도 기뻐하고 있잖아요. 그쵸?"

장나만의 장난에 어울려 줄까. 잠시 고민하던 민허였으나, 이내 예능 프로그램이라는 사실을 떠올리고 방향을 달리했다.

"어흠! 전 묵비권을 행사하겠습니다."

"거 봐!"

유민호가 곧장 민허를 두둔하고 나섰다. 장나만은 특유의 오버 액션으로 놀라는 얼굴을 선보였다.

그때, 류 PD도 옅은 웃음을 지었다.

민허가 말을 잘한다는 건 건너 들은 적 있었다. 그러나 일반 프로그램과 예능은 차이가 꽤 난다.

예능에서 말을 잘하는 모습을 보이는 게 영 쉽지 않다. 그럼에도 불구하고 민허는 초반부터 재치 있는 모습을 선보이며 류 PD에게 많은 기대감을 심어줬다.

유민호도 류 PD와 같은 기분이었다.

"강민허 선수는 예전에 세계 대회에서 우승을 차지한 경력이 있다고 들었는데. 사실인가요?"

"예."

"여기 작가분이 써준 거에 의하면, 데뷔한 지 반년도 안 돼서 우승했다고 적혀 있는데요."

"그냥 운이 좀 좋았습니다."

"어떤 운인가요? 자세히 좀 말씀해 주세요."

"재능을 타고난 운이요."

자신감으로 먹고 사는 민허다운 대답이었다. 그의 넘치는 자신감에 유민호도 덩달아 분위기를 탔다.

"예능 쪽에는 재능이 좀 있는 거 같나요?"

"음~ 전혀 없는 거 같진 않네요."

"이번 기회에 예능 쪽도 욕심 내보시는 겁니까?"

"기회가 된다면요."

"방송 보고 있을지 모르는 관계자 여러분들에게 영상 편지 보내볼까요?

대본에 없는 유민호의 애드리브에도 불구하고 민허는 바로 카메라 쪽으로 고개를 돌렸다.

"PD님들. 열과 성을 다해 성심성의껏 활약하겠습니다. 언제든지 연락 주세요."

짧지만 강한 민허만의 자기 어필 타임이었다. 척하면 바로 척이었다.

보통 갑작스러운 요구, 혹은 제안을 해올 경우에는 당황하게 마련이다.

특히나 예능에 처음 출연한 사람이라면 더더욱 그럴 수밖에 없을 것이다.

그런데도 민허는 너무나도 익숙하게 민호의 멘트를 받아 줬다.

류 PD가 바로 근처에 있는 오진석 코치에게 목소리를 한껏 낮춘 채 말했다.

"강민허 선수, 이러다가 나중에 진짜 섭외 막 들어오는 거 아닐지 모르겠네요."

"그러면 좀 곤란한데요."

오 코치가 무심코 속내를 드러냈다.

민허는 ESA의 주축이다.

물론 방송에 자주 얼굴을 내비치면 팀 홍보에도 많은 효과를 낼 수 있고 좋다.

그러나 지금은 개인 리그뿐만 아니라 R 리그까지 준비를 해야 하는 바쁜 시기를 보내고 있다. 코치 입장에선 선수가 방송 쪽보다 연습에 더 중점을 뒀으면 하고 바라는 건 당연했다.

'민허 녀석. 너무 재능이 많아서 탈이야.'

정말로 예능에도 재능이 있는 걸까. 오 코치의 머릿속은 복잡해지기 시작했다.

*　　　*　　　*

인터뷰 이후의 코너는 두 가지로 나뉜다.

민허가 본인의 실력을 뽐내는 실력 자랑 코너. 그리고 그다음으로 민허가 이런저런 가르침을 선사하고, 출연진들이 그대로 실천에 옮기는 코너다.

자리를 잡은 민허가 오랜만에 조이스틱을 들었다. 무릎 위에 올려놓은 이후, 모니터 쪽으로 시선을 고정시켰다.

미리 키 설정을 해뒀기에 따로 세팅 타임은 필요 없었다.

트라이얼 파이트 7. 로고를 보자 장나만이 또다시 하이톤을 냈다.

"와! 나 이거 봤어! 나 초등학생 때 내가 완전 고수였는데!"

"여기서 고수 아닌 사람이 어딨어."

"민호 형, 저랑 한판 붙어보실래요?!"

"어쭈? 너, 조금 이따가 한번 해보자."

두 사람이 열의를 올렸다. 그 와중에 여태까지 말을 아끼던 표서현이 막상 게임 화면이 나오자 급격히 관심을 보이기 시작했다.

그녀는 어렸을 적에 또래 남자 아이들과 어울려 다니면서 자주 오락실, PC방을 다닌 적 있었다. 그녀가 접했을 때에는 트라이얼 파이트 3 시대였다.

"진짜 오랜만에 보네요. 벌써 7탄까지…… 그래픽도 엄청 좋아졌어요!"

"격투 게임업계에서 가장 인지도 높은 게임이기도 하죠."

민허가 그녀에게 차근히 설명을 들려줬다. 화영은 비록 트라이얼 파이트를 해본 경험은 없지만, 아무래도 게임업계 쪽에 종사를 하다 보니 어떤 게임인지 정도는 충분히 알고 있었다.

"그럼 아케이드 모드 하면서 간단하게 시범 좀 보여 드릴게요."

싱글 모드로 들어간 민허가 자신의 주캐인 라울을 선택했다.

정말 오랜만까지는 아니었다. 민허가 하고 있는 개인 방송에서 주된 콘텐츠 중 하나가 트라이얼 파이트 7이다. 바로 어제까지만 하더라도 실제로 온라인 유저들과 대전을 펼쳤기에 어색함은 느껴지지 않았다.

단지 예능 프로그램에서 게임을 해야 한다는 신선함만 느껴질 뿐이었다.

스틱과 함께 버튼을 빠르게 눌렀다. 일반인들의 눈에는 보이지 않을 만큼 빠른 손놀림이었다.

몇 개 안 누른 거 같은데도 불구하고 10단 콤보가 이어졌다. 중단, 하단, 그리고 공중으로 점프를 해 상단 추가타까지.

"지금 보여 드린 게 가장 기본적인 콤보입니다."

"기, 기본이라고요?!"

출연진들이 두 눈을 휘둥그레 떴다. 아무리 봐도 기본 콤보라고 보기는 힘들었다.

그러나 이 정도 해주지 않으면 대회에서 좋은 성적을 거둘 수 없다.

"그리고 요즘은 시리즈가 많이 거듭되다 보니 일반 유저들 실력도 꽤 올라왔더라고요. 기본은 아니더라도 제가 보여준 10단 콤보 하나 정도는 익히고 있어야 피니쉬가 가능해요."

"그… 그렇군요."

"아니면 좀 더 쉬운 것부터 알려 드릴까요?"

"예, 부디!"

유민호가 곧장 저자세를 선보였다.

프로게이머급까지 실력을 키우는 게 방송의 목적이 아니다.

어디까지나 프로게이머라는 직업을 간접적으로 체험해 보는 것이 도전자들이라는 프로그램의 원래 취지다.

민허도 그걸 잘 알기에 한껏 난이도를 낮춘 콤보들로 구성하기로 했다.

방금 것은 그냥 눈요기용. 일반인들에게 한번 보여주고 따라 해보라고 하면, 그대로 따라 할 수 있는 사람은 극소수 중에서도 극소수다.

기초 중에서도 기초적인 콤보를 네 사람에게 알려줬다. 소요된 시간은 대략 30분. 이 과정은 아마 편집되어 부분만 나갈 것이다.

가장 뛰어난 실력을 보인 이는 의외로 표서현이었다. 오프닝 때부터 '난 트파 고수다!'라며 입을 털던 장나만은 정작 게임을 거의 해본 적도 없는 화영보다도 못했다.

연습 시간 종료. 이후에 유민호가 상황을 통제했다.

"자자! 이제 준비 다 끝났죠?"

"예!"

"그럼 여기서 누가 가장 강한지 한번 붙어볼까요. 조 추첨할 테니까 모여주세요."

강민허를 제외한 출연진 4명이 토너먼트전을 벌인다.

우승한 사람에게는 제작진이 준비한 소정의 싱품이 주어진다.

A조에 유민호와 표서현. B조에 장나만과 이화영이 배치되었다.

"강민허 선수."

유민호가 민허에게 기습 질문을 했다.

"마음속으로 '아, 이 사람은 우승했으면 좋겠다'라고 하는 사람, 혹시 있나요?"

"네, 있습니다."

없다고 대답하면 재미없다.

여긴 예능 프로그램이다. 이 사실을 항시 염두에 둬야 한다.

"누구인가요?"

"표서현 양입니다."

"그 이유는?"

"제가 사실 얼마 전에 '눈물로 쓰는 편지'를 봤거든요. 연기 잘하시더라고요. 개인적으로 팬입니다."

민허의 사심 어린 멘트 때문일까. 표서현의 얼굴에 환한 미소가 번졌다.

반면, 화영은 아쉬움을 감추느라 곤혹을 치렀다. 민허라면 자신의 편을 들어주리라 믿었기 때문이었다.

여성의 질투는 무섭다. 나중에 다가올 후폭풍을 민허가 알리 없었다.

＊　　　　＊　　　　＊

A조가 먼저 경기를 펼쳤다.

민허의 예상대로 A조는 표서현이 압도적인 기량 차이를 선보이며 결승전에 안착했다.

승부의 분수령이 될 B조.

"게스트라고 안 봐줄 겁니다!"

장나만이 먼저 호기롭게 외쳤다. 화영도 지지 않겠다는 듯이 포부를 드러냈다.

"쉽게 안 될걸요."

화영의 가느다란 손가락이 버튼을 빠르게 연타했다.

비록 트파 7을 해본 적은 없지만, 게임 경력은 화영이 훨씬 많다.

눈으로 보고 귀로 들은 것이 있는데, 장나만에게 질 순 없었다.

게임 짬밥이라는 게 있지 않은가. 게다가 화영은 은근히 승부욕이 있는 여자다. 결승에 올라가서 표서현과 붙고 싶다는 욕심이 가득했다.

화영이 다루는 금발 여성 캐릭터가 화려한 발재간을 선보이며 일방적인 공격을 선보였다. 장나만도 공격을 하려 했지만, 그의 공격은 비교적 짧았다.

리치가 긴 화영의 캐릭터가 순식간에 1, 2, 3라운드를 따내며 승리를 거뒀다.

화영의 소망대로 결승전 대진은 '표서현 VS 이화영'이 되었다.

"여기서 이기면 상품 타 가는 겁니다! 아셨죠?"

"네!"

"알고 있어요."

"그럼, 시작!"

유민호의 멘트에 이어 바로 게임이 시작되었다.

실력은 표서현이 앞서는 듯 보였다. 그러나 게임 센스는 화영이 위였다.

서로 두 라운드씩 가져간 상황. 마지막 라운드에서 승부가 갈린다!

탁! 타닥!

표서현이 민허에게 배운 10단 콤보를 날렸다! 트파 7을 좀 해본 게이머라면 10단으로 들어오는 공격이 어떤 패턴인지 다 알고 가드를 했을 것이다. 그러나 화영에게 그런 지식은 없었다.

결국 표서현의 승리로 끝이 났다.

"아… 조금만 더 하면 이길 수 있었는데."

진심으로 아쉬워하는 화영. 잠시 카메라가 꺼진 틈을 타 민허가 그녀에게 다가갔다.

"그 정도도 충분히 잘한 거야."

"민허 씨. 나 말고 서현 씨 응원했잖아."

"그거야 서현 씨가 이길 거 같았으니까. 실력이 가장 좋아 보였거든."

"영화 이야기는?"

"뻥이야."

"……."

게임과 방송에 관련된 계산 능력은 정확했다.

그러나 여심을 파악할 줄 아는 능력은 아직 좀 부족한 듯해 보였다.

『재능 넘치는 게이머』 4권에 계속…